KB235105

[숨 쉬는 책을 후원해 주신 분들]

황신원 김부연 윤혜정 이경 김나형 방원석 임수덕 정진희 임희정 신종기 박우진 박주태 신선자
황기순 정지현 임기호 이정선 이강만 그리고 이름을 밝히지 않고 도움을 주신 분들께 감사드립니다.
그 마음 잊지 않고 오래오래 숨 쉬는 책을 만들겠습니다.

숨 쉬는 마을로 라라라~

숨 쉬는 마을로 라라라라~

장미리 소설

특별한 깡촌으로의 초대

'숨 쉬는 마을'이 만들어진 지 만 5년이 지났다.
이 마을은 원래 있던 마을이 아니라
갑자기 뚝딱 생겨난 마을이다.

어떤 마을인가?

도시에서 각자 다양한 삶을 살던 사람들이
자연과 함께 하는 지속 가능한 삶을 살기 위해 만든
'생태공동체' 마을이다.

기존의 도시와 마을이 있는데 왜 굳이 또 만들었을까?
'다른' 삶을 살고 싶었기 때문이다.

어떤 삶인가?

미래를 준비하느라 현재를 희생하는 것이 아니라
지금 여기에서 행복하고 보람 있는 삶,
살기 위해 어쩔 수 없다며 자연에 폐를 끼치는 것이 아니라
조금 불편하더라도 자연과 공존하는 삶,
단지 돈을 벌기 위해서나 의무 때문이 아니라
하고 싶은 일을 즐겁게 하며 사는 삶이다.

마을은 평화로운 가운데 입체적이고 역동적이다.

마을 사람들은 삼시세끼 밥을 같이 먹는 식구이며
매일 명상과 체조를 함께 하는 도반이고
인생의 여러 주제를 같이 공부하고 나누는 학우이며
일을 함께 하는 동료이기도 하다.
또한 지구의 위기상황을 깊이 인식하고
생태적인 삶을 실천하는 동지이다.

이렇게 괜찮은 취지로 운영되는 마을이지만 자세히 들여다보면
한 명 한 명의 살아가는 모습은 다양하다.

공동체의 주인으로 어떻게든 이끌어가려는 사람,
개성이 너무 강해 이웃과의 마찰이 끊이지 않는 사람,

규율에 매여 자신과 남에게 스트레스를 주는 사람,
있는 듯 없는 듯 하다가 밥 먹을 때면 나타나는 은둔형 거사,
호시탐탐 쓰레기를 늘려 주위의 빈축을 사는 사람,
기대가 너무 컸기에 회의를 느끼는 이상주의자,
오지랖이 넓어 여기저기 참견하다 몰라준다며 서운해하는
사람…….

숨 쉬는 마을!
이름만 보면 고요한 아침의 나라 같지만
실상은 가지 많은 나무처럼 하루도 바람 잘 날이 없다.
수시로 열리는 마을 회의는 그 바람을 조화로운 에너지로 돌리는
역할을 한다.

똘똘이, 익살이, 화가, 스머페트, 투덜이, 게으른이, 농부, 허영이,
파파스머프, 심지어 가가멜까지
개성 강한 캐릭터들이 모여 조화를 이룬 스머프 마을처럼
숨 쉬는 마을도 개성을 존중하면서 서로 다듬어주는 가운데
개인도 마을도 성숙해가고 있다.

유, 무형의 숨 쉬는 마을이 점점 늘어나기를 기대해 본다.
어쩌다보니 지금 우리의 현실은

숨이라도 시원하게 쉴 수 있는 곳이 절실하게 필요하기 때문이다.

마음의 산소호흡기!
숨 쉬는 마을이 많이 생긴다면
이토록 답답하게 드리운 먹구름이 시원하게 걷히고
우리는, 그리고 지구는 다시 싱그러운 초록의 숨을 쉴 것이다.

도시에서 고사 직전에 깡촌에 불시착한 주인공이
어떻게 생기를 충전하고 꽃을 피워내는지
지금부터 만나보자!

차례

인생이 뭐라니

이정표도 없이 떠난 여행

마을살이의 시작

사람이 꽃보다 아름다운 건

붓을 들어 미래를 그리다

숨 쉬는 마을이라니 웬일이니

아주 특별한 마을을 소개하려고 한다.
이름하여, 숨 쉬는 마을!

마을

마을이라니?

혼술남녀가 판치고 1인가구가 대세인 세상에 새삼스럽게 웬 마을?
수렵농경시대로 돌아가자는 건가? 아니면 어느 아파트단지 이름인가.
행복마을, 흰돌마을 뭐 이런.

그런데 마을이 숨을 쉰다고? 사람도 아니고, 무슨 마을이 숨을 쉬는
가.

사람이 건강하기 위해서는 숨을 잘 쉬어야 하듯이, 사람 사는 마을도
잘 돌아가기 위해서는 숨이 잘 유통되어야 한다. 비록 나라 안팎의 사

정이 호박고구마처럼 답답할지라도, 매일 먹고 자고 생활하는 환경에
서만큼은 시원하게 소통이 되어야 할 것이다.

이 마을 사람들은 작은 일도 마을회의를 통해 의논해서 하며 누구든
지 소외되지 않고 의사결정에 참여한다. 무엇보다 삼시세끼를 같이 하
기에 서로에 대해 시시콜콜히 알고 있어 불통이란 있을 수 없다.

그런데 '숨 쉬는' 마을이라고 하는 것은 또 하나의 중요한 특징 때문
이다. 주민들은 매일 명상시간에 참여해야 한다는 것이다. 이건 규약이
라고 볼 수도 없는 것이, 누가 시키지 않아도 다들 자발적으로 열심히
하고 있다. 깊은 호흡으로 하는 명상은 마을이 만들어진 계기였으며 즐
겁고 건강하게 유지되는 비결이기도 하다.

그런 의미에서 숨 잘 쉬고 쌩쌩 돌아가고 있는 이 마을의 이름은 정
확하게 말하면, '생태공동체 숨 쉬는 마을'이다.

숨은 그렇다 치자. 생태는 뭐고, 공동체란 뭘까?

공동체

공동체가 뭐지?

여럿이 함께 한다는 말이다. 무엇을 같이 할까? 조선시대 대가족처럼 남녀노소가 골고루 섞인 이 마을 사람들은 함께 밥을 먹고 명상을 하며 마을 일도 함께 한다. 그게 가능할까? 사람들이 모여서 뭔가를 같이 할 시간이 될까?

요즘 세상에 몇 안 되는 식구들끼리 마주보고 한 끼 먹는 것도 쉽지 않다. 현대인들이 외로워지고 가족 간 대화가 단절되고 청소년 문제나 노인 문제가 생기는 이유에는 밥을 같이 먹지 못하는 것도 있지 않을까. 다 먹고살자고 하는 일인데 뭐가 그리 바쁜지 저녁 시간에도 불 꺼진 집투성이다.

오죽하면 '한끼줍쇼'라는 예능프로그램에서 유명 개그맨이 집집마다 문을 두드렸지만 사람이 없어서 저녁 내내 밥을 얻어먹지 못했다는 웃픈 이야기도 들었다. 굳이 찾아본 이 프로그램의 기획의도에서는 현실을 이렇게 묘사했다.

'요즘 같은 시대...
부모는 늦은 밤까지 회사에 발이 묶여 밖에서 저녁을 때우고
아이들은 빼곡한 학원 일정에 삼각김밥, 컵라면으로 끼니를 해결하기도 하고
1인가구까지 급증하면서 '혼밥'이 트렌드가 되고 있는 요즘...'

어린이집 추첨에서부터 시작된 경쟁과 압박은 인생 주기를 경신하면서 반복되고 강화된다. 먹고사느라 너무 바빠 다른 생각을 할 여유라곤 없다.

왜 사는지, 지금 하는 일은 좋아서 하는 일인지, 내 꿈은 뭐였는지 따위를 생각하고 있다간 금방 낙오자가 될 것이 뻔하다. 내가 생각이란 걸 하는 동안에도 남들은 계속 앞으로 가고 있으니까.

그런데 이상하다. 쉬지 않고 달렸건만 늘 같은 자리인 것만 같다. 그냥 기분 탓일까.

불확실성과 불안감을 벗어나려고 로또를 사기도 하고, 휴가 때면 해외로 나가거나 템플스테이 같은 곳을 찾기도 한다. TV에 나오는 자연인이나 여행가를 보며 부러워하고, 버킷리스트를 적어두기도 한다.

꿈꾸는 삶은 일단 은퇴 후로 미룬다. 그러나 실상은 은퇴 후에도 그리 여유롭지 못하다. 도적 같이 다가온 은퇴는 우리를 당황하게 하고, 기나긴 노후의 저주는 잠을 달아나게 한다.

자꾸 생각해 봐야 머리만 아프니 그냥 다시 쳇바퀴 위에 발을 올리고 만다. 지금 나 하나 빠진들 수많은 보도블록 중에 하나 빠진 것처럼 금방 메워질 게 뻔하기에...

　한편 나 하나가 무너지면 와르르 주위가 다 무너질 것 같기도 하다. 위아래로 책임질 곳뿐인 낀 세대는 헤어날 길 없이 죽기 살기로 바퀴를 돌려야 한다. 차라리 아틀라스에게 하늘을 맡기지, 산 같은 삶의 무게를 누구에게 넘기랴.

　시인은 삶이 그대를 속일지라도 슬퍼하거나 노여워하지 마라, 하였건만 어쩐지 자꾸만 슬프고 노엽다. 언제까지 견뎌야 할까.

　지금부터 우리는 그 시스템을 탈출해서 자신의 인생을 계획하고 살아가는 사람들을 만날 것이다. 이들은 '언젠가는' 하고 벼르면서 평생 준비만 하는 것이 아니라 '지금 당장' 자신의 삶을 살기를 원했다.

　오래 전 도심 속 명상학교에서 만나 이런 마음들을 나누던 사람들이 마을로 뭉쳤다. 함께 하니 용기도 나고 일을 하기도 쉬웠다. 살아가면서 작은 규약들을 만들어갔고, 점점 마을의 틀이 잡혀갔다.

　숨 쉬는 마을 사람들은 시간을 여유롭게 사용한다. 어떤 일이라도 하루에 4시간 이상은 투입하지 않는다는 규약도 있다. 누가 시켜서 하는 일이 아니라 자신이 하고 싶은 일, 보람을 느끼는 일을 골라서 한다.

삶의 많은 부분을 공유하니 혹시 개인 생활이 없는 건 아닐까 걱정이 든다. 그러나 혼자 있고 싶으면 조용히 동굴에 들어가 있어도 아무도 뭐라고 하지 않는다. 공동체를 유지하기 위한 기본적인 약속들만 지켜 준다면 말이다.

한 달에 한두 번 정도는 모두를 위한 식사를 만들어야 하고, 필요시 마을회의에 참석한다든지 하는 최소한의 규약이다. 새벽부터 밤까지 쉴 틈 없는 도시 생활에 비하면 참으로 느슨한 시스템이 아닐 수 없다.

생태

어떤 공동체가 될 것인가에 대하여는, 당연한 듯 생태공동체로 귀결 이 되었다. 또한 호흡이 주가 되는 명상을 하려면 맑은 공기가 중요하 기에 도시보다는 시골을 택했다.

여기에는 또 하나 간과할 수 없는 이유가 있다. 어쩌면 무엇보다 우 선하는 문제일 수도 있다. 바로 낭떠러지를 향해 브레이크 없이 직진하 고 있는 환경문제이다.

산업혁명 이후 쉬지 않고 달려온 자본주의 문명은 우리가 살고 있는 환경을 완전히 망쳐 놓았다. 조금만 검색을 해봐도 지구가 얼마나 갈

데까지 갔는지를 보여주는 충격적인 사진과 영상을 찾아볼 수 있다.

인간의 이기심에 희생된 자연환경을 회복시키는 건 어쩌면 불가능할지도 모른다. 그러나 속도를 늦추는 노력이라도 하지 않으면 이 세대가 끝나기도 전에 우리는 어느 미래 영화에서 본 것 같은 암울한 장면에 맞닥뜨릴지도 모른다.

엘니뇨와 라니냐와 같은 전 세계적인 이상기후는 세트메뉴처럼 자연재해를 동반한다. 이미 온난화로 극지방의 얼음이 녹아내려 해수면이 상승하고 있고 존립을 걱정하는 섬나라들이 생겨났다. 유난히 푸근한 올 겨울은 내년에 올지도 모를 더 큰 기상이변을 '우려'하게 한다.

우리는 어린 시절에 마시던 맑은 공기와 물을 마음껏 마시지 못하고 있다. 청계천에서 멱 감고 빨래했다는 이야기는 인왕산에 호랑이가 살던 시절의 전설이라고 치자. 언제부터 우리가 날씨와 함께 미세먼지를 체크하게 되었을까? 앞으로 몇 년 후엔 또 어떻게 되는 걸까?

하루에 여의도만 한 쓰레기 산이 생긴다는 엄청난 소비와 공해의 시대이다. 나 하나만이라도 그렇지 않은 삶을 살아보면 어떠한가.

숨 쉬는 마을에서는 인스턴트 제품들을 사용하지 않고 웬만한 것은 직접 만들어 쓰며 전기와 물을 최소한으로 사용한다. 쓰레기를 만드는 것은 세상 가장 하지 말아야 할 일이다. 유기농으로 농사를 짓기 위해 두 배 세 배 수고를 감수한다.

이제야 고백한다. 솔직히 나는 아직, 생태적인 삶이 불편하다. 쇼핑을 좋아하고 반짝반짝한 새 것에 열광한다. 벌레도 없고 깨끗한 도시의 아파트가 편리하다. 아파트에서 나고 자란 세대라 어쩔 수 없다.

그러나 조금 불편함을 견디는 대신 떳떳한 기쁨과 보람을 느낄 수 있다. 나는 그 기쁨과 보람을 배워가고 있는 중이다.

지난 여름 태풍마저 몰아낸 가마솥 열기가 너무 힘들었다면 그 고통을 다른 쪽으로 승화시켜 보는 건 어떨까? 대체 왜 이렇게 더운 건지, 무슨 일이 벌어지고 있는 건지 공부하고 변화를 모색해야 할 것이다.

마을에서는 생태적인 삶을 알리는 교육도 열심히 하고 있다. 생태적인 삶이란 멀리 있거나 거창한 것이 아니라 일상생활에서 실천할 수 있는 사소한 것들이다.

숨 쉬는 마을을 만나면 '나 하나 바뀐다고 뭐가 달라지나' 하던 사람이 '나 하나라도 바뀌어야겠다' 이렇게 변하게 된다. 이슬비에 옷 젖듯이 자신도 모르게 그렇게 될 것이다. 나도 그랬으니까.

조금 소란스럽고 웃음소리가 나며, 늘 달콤하고 고소한 냄새가 흘러나오는 숨 쉬는 마을에 오신 것을 환영한다. 함께 마을살이를 시작해본들 어떠리.

별 볼 일 많은 숨 쉬는 마을에서
좌충우돌 마을살이 중인
마을 카페지기 겸 시인 씀

인생이 뭐라니

'아 뜨거!'

갑자기 옆에서 열기가 훅 전해진다. 깜짝 놀라 보니 문을 열고 장사하는 화장품 가게 옆이었다. 가뜩이나 가마솥 같은 날씨에 에어컨 실외기에서 나오는 바람은 데일 것 같이 뜨거웠다.

'이게 무슨 민폐야.'

주인한테 따끔하게 한마디 해야겠다 싶어 발을 들여놓는데, 순간 드라이아이스 같은 냉기에 또 한 번 놀란다. 방금 전의 분노는 땀과 함께 날아가고, 몸과 마음은 더할 나위 없이 쾌적해진다.

'이런 게 행복인가. 어디...'

나도 모르게 화장품을 둘러보기 시작한다. 필요한 건 없지만 세일을 하고 있으니 뭐라도 건져 볼까. 어느 새 50% 세일에 1+1까지 한다는 선크림과 잠만 자도 피부를 하얗게 해준다는 수면팩을 집어 들고 계산대로 향하고 있다.

밖으로 나오니 조금 전의 냉기는 금방 열기로 바뀌고 다시 짜증이 확 올라온다. 손에 든 쇼핑백이 거추장스럽다. 이럴 수가 있나! 왠지 에어컨에 농락당한 느낌이다.

나의 목적지인 대형 서점으로 들어가니 역시 시원한 냉기가 '어서옵쇼' 한다. 들어가자마자 제일 눈에 띄는 행사 매대에는 우리 책들이 빠진 자리에 벌써 다른 책들이 보란 듯이 들어차 있다.

저마다 알록달록 치장을 하고는 독자를 유혹하려고 발버둥이었다. 그 중에서도 제일 반짝거리던 우리 책은 흔적도 찾아볼 수 없다. 선물과 함께 비닐에 넣어 세트 포장했던 책은 지금 그대로 창고에 쌓여 폐기 처분을 기다리고 있다.

불과 며칠 만에 세상이 변했다. 출판계의 잘 나가는 기대주였던 나는 서점에서도 누가 알아볼세라 조심스레 두리번거리고 있다.

왜 이렇게 됐을까. 어디서부터 잘못됐을까.

폭풍전야

대학 때는 국문과에서 연극도 하고 시나리오도 쓰면서 나름 예술인으로 살았는데, 졸업과 동시에 여유와는 멀어졌다. 처음 들어간 직장은 대기업 계열의 출판사였다. 출판사 분위기는 밖에서 생각하던 것과는 매우 달랐다.

처음 한두 해는 눈 빠지게 사전을 만들었고, 사전 시대가 저물면서 기획팀으로 이전했다. 주말도 없이 진액을 빼먹듯 일해서 몇 권의 베스트셀러를 만들었지만 그러는 동안 내 몸은 시들어갔다.

10년이 되었을 때 나는 독립했다. 1인출판사였다. 좋아하는 별 이름으로 회사 이름을 짓고 오래 생각하던 원고를 가지고 야심차게 출판을 했다. 10년차 출판인으로서 생각해볼 때 충분히 매력 있고 가능성 있는 책이었다. 그런데 한 달이 되어가도록 별 반응이 없었다.

베스트셀러는 하늘에서 뚝 떨어지는 것이 아니었다. 물론 인지도 있는 작가와 훌륭한 원고가 있어야 하지만, 자본이 뒷받침된 영업력도 필수였다. 그동안은 대형출판사이기에 많은 것들이 가능했음을 독립하고 나서야 알았다.

고심하던 중에 마케팅통인 김실장이 전화를 해왔다.

"나사장! 그러고 있지 말고 콧바람 좀 넣어주자."

솔깃한 제안을 해 왔다. 대학 후배이자 직장 동료였던 그는 한때 책이 나올 때마다 함께 야근을 하며 베스트셀러를 만들던 역전의 동지였다. 업계에서는 상업출판의 귀재라 불리며 지금은 컨설팅만 전문으로 하고 있었다.

출판협회에서 강의도 하고 오다기리 조를 닮은 잘 생긴 얼굴 덕에 방송에도 곧잘 나가는 그는 이쪽에선 교수님이라 불릴 정도였다. 영업자 출신으로 이 정도 올라오기까지 그가 얼마나 노력했는지 나는 잘 안다.

"사장님이 시장을 너무 모르시네. 가만히 있으면 가마닌 줄 알고 덮어버린다니까. 뭐 좋은 책? 친절하게 이 책이다, 하고 가르쳐 줘야지. 독자가 먼저 알아보고 책을 집어들 확률은 너님이 헌팅 돼서 아이돌이 될 확률보다 희박할 걸."

"이 와중에 예를 들어도 참. 나도 알거든. 길거리 아니라 정식 캐스팅도 어렵다는 거! 근데 누가 연예인 한대!"

결론적으로 그는 나에게 '작업'을 해야 한다고 권했다.

작업!

전 직장을 다닐 때 마케팅부에서 어떤 활동을 한다는 걸 대충 알고 있었지만, 내 회사에서 뭔가 필요할 거라고는 생각하지 않았다. 오직 좋은 책으로 승부한다는 자신이 있었다.

하지만 모든 것을 쏟아 부은 첫 책이 한 달도 되지 않아 서점에서 자리가 빠지고 반품이 되기 시작했을 때 난 어느새 심리적 마지노선을 넘고 있었다.

김실장의 충고대로, 책을 하루에 몇 십 권씩 사고 서점에 로비를 해서 매대를 샀다. 그제야 꼼짝 않던 순위가 움직이기 시작했다.

분야 3위까지 단번에 치솟았다. 주말이 지나면 1위도 바라볼 수 있을 터였다. 김실장은 서점에서 베스트셀러 매대 사진을 찍어 보내오며 의기양양해 했다. 살짝 양심이 찔렸지만 처음엔 어쩔 수 없다 생각했다. 다음에는 정말 이런 것이 필요 없을 것이었다. 반드시 그렇게 만들 것이었다.

그런데 월요일 아침 출근하자마자 출판사 전화가 불이 붙었다. 베스트셀러 순위에서 우리 책이 내려가고, 대신 인터넷 검색 순위가 올라갔다.

사재기 단속을 갑자기 실시하였는데, 시범적으로 우리 출판사를 비롯한 몇몇 중소 출판사가 걸려들었던 것이다. 큰 고기는 다 놔두고 잔챙이나 걸려드는 이상한 그물이었다. 물론 심증일 뿐 물증은 없지만…

말 그대로 '폭망'했다. 이후 일어난 일은 생각하고 싶지도 않다. 수순대로 책은 전량 반품되고 어음은 거절됐다. 선인세로 지불한 비용은 회수가 불가능했고 나는 10년 퇴직금을 한 번에 날려버린 셈이 됐다. 오 마이 갓!

하필 그 몇몇 출판사 중에 내 이름이 가나다순 중 제일 위에 있어 낙인이 찍혔다. 이 바닥에서 재기할 수 있을지 장담할 수 없었다. 아니 재기의 문제가 아니라, 이 나라를 떠나야 하나 할 정도로 막막한 신세가 되었다.

정작 크게 해치운 것 같은 이들은 버젓이 책을 잘 팔고 있는데 단 한 번 실수한 나는 대역죄인이 됐다. 전 직장에서도 이렇게 되고 보니 불똥이라도 튈까봐인지 도움을 주려고 하지 않았다.

사무실을 정리해서 거래처 외상값을 결제하고 빈털터리가 된 나는 전셋집마저 빼고 옮긴 원룸에 들어앉아 죽음마저 생각했다. 때 이른 더위에 전기세 걱정으로 에어컨도 맘대로 틀지 못하니 더욱 비참했다. 막돼먹은 영애씨도 겪지 못했을 혹독한 시절이었다.

그렇게 폐인처럼 지내던 어느 날 오랜만에 전화벨이 울렸다. 김실장이었다.

"뭐해? 살아… 있는 거지?"

"왜 죽기라도 했을까봐?"

"이번 일은 정말 운이 없었어. 나도 어쩔 수 없었다고."

"그래, 널 원망하는 건 아냐. 그냥 내가 태어난 게 잘못이지."

"왜 그래 정말. 우리 만날까?"

"됐다. 이제 사람에 속지 않기로 했다."

"정말 뭐하고 있는데?"

"도 닦고 있다. 면벽수행 중이니 나중에 사리 나오면 잘 묻어줘라."

그는 연신 미안하다고 하면서 유명한 역술인이 있는데 한번 찾아가 보라고 소개를 시켜줬다. 평소 같으면 귀담아 듣지도 않았을 텐데, 하도 막막하니 더위를 뚫고 거길 또 찾아갔다. 나도 참…

예쁘장하게 생긴 여자 역술인은 손님이 많았다. 내 사주를 빠르게 풀어보더니 이제 다 왔다고 했다. 어차피 일어날 일이었고 오히려 가볍게 겪은 거라는 거였다. 결혼을 했으면 이혼을 했을 수도 있는 사주라나.

차라리 이혼이 낫지 이 상황이 뭐가 나은 건지는 의문이었다. 이혼이라면 적어도 결혼은 했다는 얘기잖아. 내가 별 반응을 보이지 않자 여자는 선심 쓰듯 덧붙였다.

"곧 귀인이 나타나겠어."

귀인? 이렇게 된 거 뭐 시집이나 가라는 건가.

"집에 있지 말고 돌아다녀. 그래야 만나. 그리고 이걸 지니고…"

그러면서 알록달록한 복주머니 같은 걸 내미는 손길을 뿌리치고 난 밖으로 나왔다. 들어갈 때보다 한층 더워진 공기가 해일처럼 덮쳐왔다. 이 더위에 어딜 돌아다니라는 거야. 열불이 치민다. 속 시원한 대답까지는 아니지만, 설마 부적을 권할 줄은 몰랐다. 옥중화야 뭐야.

소개한 김실장에 대한 분노가 새삼 치받쳐 전화를 하려다 번번이 그 말을 듣는 내 팔랑귀가 문제지 싶어 그만둔다. 이제 더 이상 엮이지 말자, 네이버!

오랜만에 외출한 김에 서점이나 가볼까. 단언컨대 그 점쟁이가 막 돌아다니라고 해서는 아니다. 아닐 거다. 아무렴, 아니어야지.

범인은 범행 현장을 꼭 다시 방문한다고 했던가. 아가사 크리스티의 책에서 언젠가 읽은 문구가 떠오르는 건 왜일까. 난 범인이 아닌데… 나도 피해자라니까! 그러면서 나의 발걸음은 대형 서점이 있는 광화문으로 향하고 있었다.

귀인의 조짐

서점에 진열된 반짝거리는 책들을 보고 있으려니 감회가 새롭다. 그 와중에도 직업병인지 새로 나온 책이 궁금해 펼쳐보려는데 손목에 화장품 봉지가 걸리적거린다. 매대의 책 위에 올려놓는데 마침 그 책을 집으려는 사람이 있었다.

이건 괜히 사가지고 귀찮아죽겠네, 하며 다시 봉지를 집어 드는데 그 사람이 말을 걸어온다.

"주희 아니니?"

이럴 때 하필 아는 사람을 만나다니, 괜히 나왔다는 생각이 든다. 하여간 김실장 말을 들어서 되는 일이 없어.

고개를 들고 보니 다행히 출판업계 사람은 아니었다. 오랜만에 보는 얼굴이지만 한눈에 알아볼 수 있었다. 어떻게 그 얼굴을 잊으랴.

"준호형!"

"주희 맞구나."

입이 귀에 걸릴 듯 환하게 웃으며 나를 본다. 이렇게 이해관계 없이 순수하게 반기는 사람을 만나기가 얼마만이냐.

대학 1학년 때 들어간 동아리에서 3년 위의 의대생인 그를 만났다. 어린 마음에 첫눈에 반했지만 불행인지 다행인지 그건 나만이 아니었다. 그는 모두의 연인이었다. 지구에 불시착한 어린 왕자 같은 그를 우리는 질투 없이 사랑했다.

그에게는 이젠 더 이상 찾아보기 어려운 문화원형 같은 이미지가 있었다. '응답하라 1988'의 택이 같은 느낌이랄까. 나이에 관계없이 소년의 얼굴을 하고 있었다. 그의 별명도 자연스레 어린 왕자였다. 그는 남성적이라기보다 중성적이었고, 나와 여자후배들은 그를 형이라고 불렀다.

그런 그가 병원 실습을 하며 괴로워할 것은 충분히 예상 가능한 일이었다. 어린 왕자가 수술을 집도하다니! 그의 별에선 우주의 기운을 모아 치유하면 될 일이었다.

대학을 졸업할 때 이미 희끗희끗하던 그의 머리는 세상에, 눈이 내린 것 같은 반백이었다. 약을 잘못 먹었나, 엉뚱한 생각이 스치고 지나갔지만 흰 머리도 제법 어울린다는 생각이 들었다. 여전히 소년의 표정을 하고는 나를 보고 방글방글 웃고 있었다. 너무 해맑아서 기분이 나빠질 지경이었다.

"여기서 뭐해? 아, 너 출판사 다닌다더니 시장조사 나왔구나."

"응? 뭐... 그냥."

아직 나의 불행이 그에게는 아직 전해지지 않은 모양이었다. 9시 뉴스에까지 나왔는데 어떻게 그걸 모르지. 하여간 오랜만에 나에게 일어난 일에 대해 모르는 사람과 마주하니 반가웠다.

우린 근처 '아름다운 커피가게'로 자리를 옮겼다. 무슨 유기농 착한 커피를 판다고 적혀 있는데 커피 값은 그다지 착하지 않았다. 유기농이 더 비싸다니까 하며 투덜거리고 있는데, 준호가 원두커피 두 잔을 가지고 온다. 손님인지 주인인지 모를 자연스러운 동작이다.

"여기 잘 아는 커피숍이야?

"여기서 일한 적도 있어."

준호는 대수롭지 않게 대답한다.

"뭐? 바리스타도 하는 거야?

"전문가는 아니고 그냥 이것저것 다 해."

"병원은 아예 그만둔 거고?"

"더 큰 병원에서 일하고 있지. 하하."

그럴 수도 있나? 준호의 별명이 어린 왕자인 건 외모 때문만은 아니었다. 얘기를 하다보면 정말 별에서 온 것이 맞는 것 같다. 정신세계가 현실을 넘어 구름 위를 둥둥 떠다닌다. 한 마디로 뜬구름 잡는 소리?

준호는 졸업 후 병원에서 일하는 듯 하더니 환경운동 하는 곳에 들어갔다고 들었다. 사회단체라 월급도 최저임금 수준이라던데, 그런 선택을 하다니 놀라웠다.

요즘이야 전공과 무관하게 다른 길을 가는 사람들이 많다지만, 그때

만 해도 의대 나오면 무조건 레지던트 거쳐서 전문의가 되는 것이 당연한 수순이었다. 그렇지 않은 사람은 이상한 사람이었다. 물론 지구에 적응하지 못한 그는 이상한 사람이었고.

다행히 나름 있는 집 자식이어서 생계에는 문제가 없지만 들리는 말에는 이제 집에서도 거의 포기했다는 얘기도 있었다. 의대를 나와서 그렇게 돈을 못 벌기도 쉽지 않을 텐데. 하긴 어린 왕자가 무슨 경제관념이 있겠나. 으이그.

"형은 여전하네."

"뭐가?"

"어. 린. 왕. 자."

"나도 이제 사십이야. 어린 왕자는 무슨."

그러면서 아니라고 하는 표정이 진짜 어린 왕자다. 이 나이까지 어쩌면 이렇게 때가 안 묻었을까. 놀랍기만 하다.

왠지 이 시점에서 닳고 닳은 김실장이 생각났다. 그러고 보니 한때 우린 모두 같은 동아리에 있었다. 그도 처음부터 그런 건 아니었다. 대학 때 누나 누나, 하면서 따라다닐 땐 순수한 영혼이었는데... 경쟁사회에서 살아남으려다 보니 그렇게 된 거지.

"아냐. 형은 똑같아. 영원한 어린 왕자!"

"야, 그러지 마. 집에서 아주 질색한다. 넌 어때? 요즘 바쁘니?"

"나? 아니, 하나도."

나도 모르게 너무 빨리 대답이 나와 버렸다.

"그러니까 별로 안 바쁘다고. 근데 왜?"

"그래? 마침 잘됐다."

"뭐? 내가 안 바쁜 게 잘 됐다고?"

이번엔 정말 심술이 났다. 몰라서 그런다지만 이건 아니지. 그냥 해맑은 것만으로도 중죄에 해당한다는 걸 알겠다.

전에 거래처를 방문해서 분위기 띄운다고 밝게 웃으며 농담을 던졌
는데 반응이 이상했다. 알고 보니 회사에 큰 우환이 있었는데 모르고
실수를 했던 것이었다. 그 이후 나의 해맑음이 누군가에겐 강펀치를 먹
일 수도 있음을 알았다.

어린 왕자의 뜻밖의 제안

"내가 책을 내려고 하는데 네가 좀 도와줬으면 해."

"응? 내가 뭘?"

"너 출판사 한다며."

"뭘 쓰려고 하는데?"

"쓰는 것도 네가 해줬으면 해."

뭐 이런 대책 없는 어린 왕자 같으니라고. 아니 이젠 늙은 왕자인가. 나보고 자기를 위해 책을 써서 출판해 달라는 거잖아.

"그게 말이 돼? 그냥 형이 쓰지."

"네가 같이 해줬으면 해서 하는 얘기야. 난 좀 쓸 형편이 안 돼서."

난 아프리카에서 공정한 방법으로 왔다는 신 맛 나는 커피를 원샷 하고 물었다.

"말은 안 되지만, 뭘 쓰는 건데?"

어차피 당장 할 일도 없으니 들어나 보자 싶다. 준호가 이런 사람이 아닌데 이렇게 막무가내로 얘기하는 걸 보면 뭔가 있겠다 싶기도 하다.

그가 한 얘기는 놀라웠다. 구름 위에 사는 사람인 건 알았지만 이 정도일 줄을 몰랐다.

"내가 시골에서 마을을 하나 만들어서 살고 있는데..."

"뭐? 형이 마을을 만들었다고?"

"그래. 벌써 5년째야. 나 혼자 하는 건 아니고 공동체 마을이야."

"무슨 율도국이야? 형은 홍길동이고?"

“하여튼 너도 문학적인 건 여전하구나. 그래, 우리 율도국에 와서 취재도 좀 하고 글도 써주면 좋겠다.”

그의 율도국은 ‘생태공동체’ 마을이라고 했다. 뜻이 맞는 사람들과 시골에 땅을 구입하여 생태적으로 살고 있다며 얼른 한번 다녀가라고 했다.

내가 대기업 출판사에서 자본주의의 첨병이 되는 책을 만들고 있을 때 그는 그 대척점에 있는 활동을 해온 것이었다. 내가 전혀 무식한 분야가 있다면 바로 이런 분야일 것이었다. 흔한 책 한 권 읽은 적이 없었다.

“근데 생태공동체 마을이 뭐야?”

준호가 그곳에 비치된 잡지 하나를 가져와 보여주는데 제법 인터뷰를 길게 한 기사가 실려 있었다. ‘자연과 함께 하는 제2의 인생’이라는 제목이다. 놀랍게도 그의 이름 아래 ‘숨 쉬는 마을 생태공동체 연구소장’으로 소개가 되어 있었다. 이쪽에선 제법 이름이 알려져 있는 모양이다.

“숨 쉬는 마을?”

"생태적으로 공동체 생활을 하는 마을이야."

"집단 신앙촌은 아니고?"

나는 여전히 입꼬리를 풀지 않은 채 탐문수사 하듯 한다. 대강은 이해가 된다. 하지만 그를 도울 의욕은 아무래도 나지 않는다.

"오랜만에 형 부탁인데 미안하지만, 나 아무것도 모르는데 어떻게 책을 써."

"그러니까 너한테 부탁하는 거야."

"그건 또 무슨 소리야."

"오래 공부하고 실천해온 우리들보다 네가 방문자의 시선으로 여행기 쓰듯이 쓴다면 일반 사람들이 보기에 더 잘 이해가 될 것 같아."

"여행기?"

그렇잖아도 여행이나 다녀올까 하던 참이었는데, 약간 솔깃하다.

"그냥 힐링여행 온다고 생각하고 일단 한번 와봐."

'아니 난...'

바쁘다고 하려다가 입이 막혔다. 그래, 나 할 일 없어...

집에 와서 '이준호, 생태공동체'라고 검색을 해보니 더 많은 내용을 알 수 있었다. 한겨레나 프레시안, 오마이뉴스, 농민신문 이런 곳들이 있는데 '자연과 더불어 행복한 불편', '두 번째 삶은 자연처럼', '인간답게 살기...' 이런 제목의 기사들이었다.

준호가 준 명함을 뚫어져라 노려보았다. 여기서 차로 몇 시간을 가야하는 거리다.

불현듯 점쟁이의 말이 떠올랐다.

'귀인! 만나려면 돌아다니라고...'

혹시...!

이정표도 없이 떠난 여행

라라라~ 도시 탈출

다음날 나는 문제의 '숨 쉬는 마을'로 향하는 고속도로에 들어섰다. 눈을 뜨자마자 패키지여행이라도 떠나는 사람처럼 서둘러 캐리어를 챙겼다. 그래, 여행 삼아 한번 가보는 거야. 복잡한 문제들과 아는 얼굴로 가득한 서울에서 일단 도망을 치자는 의미도 있었다.

은근 역술인의 말이 신경이 쓰이기도 했다. 상황이 이렇다 보니 마음이 약해져서 지푸라기라도 잡는 심정이 된다. 집에 있지 말고 돌아다니라고 했는데 막상 갈 데도 없었다. 해외여행이라도 갈까 했지만 돈도 없고 기운도 없었다.

독립하면서 차를 마련했는데 이렇게 장거리를 뛰어본 건 처음이다. 시내 주행만 하던 나의 애마가 몽고초원을 질주하는 조랑말처럼 난생처음 시원하게 달리고 있다.

'역시 집을 나서길 잘했어.'

밖은 여전히 30도 중반의 날씨이지만 에어컨을 빵빵 틀고 달리니 상쾌하다. 무겁던 머리가 좀 가벼워지는 것 같다. 진작 좀 차 몰고 돌아다닐 걸 그랬다.

카오디오를 작동하니 언제 넣어놓았는지 모르지만 영화 '안경'의 주제음악이 흘러나온다. 첼로소리의 부드러운 묵직함에 굳은 어깨가 녹아내리는 것 같다. 나도 모르게 흥얼흥얼, 이대로 몇 시간이고 달리고 싶다.

'라라라~~~'

그리고 몇 시간 후.

나는 여전히 달리고 있었다. 고속도로를 빠져나온 지는 한참 됐는데 길을 찾을 수가 없었다. 모태 길치로 내비게이션이 없으면 집에도 못 가는 내게 금세기 최고의 발명품은 단연 내비다. 오늘 과감히 고속도로로 나올 수 있었던 것도 내비여신을 믿거라 해서였다. 그런데 이상하게도 준호가 알려준 숨 쉬는 마을 주소는 자꾸만 엉뚱한 곳으로 도달하고 만다.

마을이라곤 있어 보이지 않는 산길을 지나고 밭도 지나고 읍내가 나오는데 반복해서 똑같은 곳으로 안내한다. 할 수 없이 준호에게 전화를 하니 어느 정자 이름을 알려주며 찾아오란다. '영팔정' 생소한 이름을 입력하니 처음 갔던 곳과는 완전히 다른 방향이었다.

이러려고 여행 왔나, 복주머니를 받아올 걸 그랬나, 자책해도 이미 늦었다. 결국 통화를 하면서 물어물어 마을에 도착한 것은 노을이 뉘엿뉘엿할 때가 되어서였다. '생태공동체 - 숨 쉬는 마을'이란 빛바랜 간판을 보았을 땐 준호를 본 듯이 분노가 치밀어 등짝을 찾아봤을 정도였다.

진입로는 길었다. 외국영화에 나오는 귀족의 저택에 들어가는 진입

로처럼 한참을 달려 들어가니 아기자기한 집들이 오순도순 들어선 마을이 눈에 들어왔다.

도착의 기쁨보다 강렬한 건 배고픔이었다. 난 무언가 먹을 수 있는 곳이 어딘가, 차창을 열고 두리번거리며 차를 천천히 몰았다. 오면서 통화를 몇 번이나 했건만 준호는 나와 있지도 않다. 어디로 가야 한단 말인가. 그때였다.

"어떻게 오셨어요?"

머리를 뒤로 묶은 포니테일 스타일의 남자가 걸어왔다. 나이는 준호랑 비슷한 것 같은데 느낌도 비슷했다. 이 사람들은 왜 모조리 이렇게 뽕 맞은 것 같은 표정을 하고 있는 건가. 이유 없이 방실방실... 쓸데없이 해맑아서 또 화난다.

"저, 이준호씨..."

"네. 기다리고 있었습니다. 소장님은 지금 급한 일이 있어서 회의 중이라 제가 나왔어요."

급한 회의라니. 나는 마냥 한가해 보이는 마을을 올려다보며 어처구

니없다는 듯 물었다.

"무슨 일이 있나요? 지진이라도 났나요?"

"그보다 더한 일이지요."

포니테일은 알쏭달쏭한 답변을 하고는 주차 안내를 시작했다.

"여기에 일단 차를 세우시고요. 마을 안으로는 차를 들여가지 않습니다."

"그럼 짐은 어떻게 해요?"

"먼저 식사를 하시고 짐은 그 다음에 도와드릴게요."

오! 듣던 중 반가운 소리였다.

樂生 - 즐거움이 샘솟는 곳!

숨 쉬는 마을의 공동 식당 '낙생'에 대해서는 인터넷 기사에서 읽었다. 집집마다 밥을 해먹는 것이 아니라 낙생에서 함께 먹는다고. 엄청난 대식구다. 식사 준비는 당번을 정해서 하고 나머지는 먹기만 하면 된다고 한다.

듣고 보니 꽤 괜찮은 방법이다. 한 달에 한두 번은 20~30명분을 준비해야 한다지만 그건 그때 가서 걱정할 일이다.

1인가구로 살아오면서 제일 귀찮은 게 밥 하는 일이었다. 누가 밥만 해준다면 얼마나 좋을까 싶었다. 사먹는 것도 하루 이틀이지 위염에 걸린 다음부터는 그것도 할 일이 아니었다.

도시에서도 이런 방법은 어떨까 싶다. 집집마다 때마다 밥을 할 것이 아니라 돌아가면서 밥을 하는 것 말이다.

아파트에서 밥을 하다가 이런 생각을 한 적이 있었다. 아래위로 집 집마다 구조가 동일할 텐데, 내가 지금 밥을 하고 있는 이 시간에 윗집, 아랫집에서도 똑같이 밥을 하고 있을 게 아닌가. 얼마나 시간과 에너지 의 낭비인가. 열 집이 모이면 열흘에 한 번씩만 밥을 하면 될 텐데 말이 다. 그러다가 아, 그래서 음식점이 있는 건가, 하는 뒤늦은 깨달음을 얻 었었다.

물론 음식점에서 사먹으면 편리하겠지만 좋은 재료를 사용하는지 알 수 없는 일이다. 그러니 결국 매일 밥을 지을 수밖에. 나 같은 요리 초 보라도 굶어죽지 않으려면 때가 되면 뭔가는 해야 했다. 그래서 즉석식 품이 집에 떨어질 날이 없었다.

그런 생각 끝에 집집마다 화장실도 위치가 같을 텐데 위아래에서 모 두 같은 자세로 볼일을 보고 있는 상상을 하고 혼자 웃기도 했었다.

이런 저런 생각을 하며 포니테일을 따라 식당에 도착했다.

노란 불빛이 새어나오는 아담한 건물에는 '낙생'이라고 예쁜 간판이 붙어 있다. 정확히는 '樂生 – 즐거움이 샘솟는 곳' 이렇게 쓰여 있다. 연 남동 어느 골목에서 본 것 같은 소박한 간판이다. 동글동글 느낌 있는 손 글씨에서 따뜻한 스프 냄새가 솔솔 나는 것 같다.

포니테일이 문을 여는 순간 맛있는 냄새와 떠드는 소리, 웃음소리가 왈칵 새어나온다. 나를 보고는 저마다 인사를 날린다.

"어서 오세요!"

"환영합니다!!"

"와글와글와글..."

이십 명도 넘는 사람들이 떠드는 소리에 당황해서 황급히 장내를 스캔한다. 준호는 아직도 없다. 사람을 오라고 해놓고 대체 어딜 간 거야?

하지만 사람들은 이내 다시 식사를 계속 한다. 삼삼오오 둘러앉아 무슨 잔칫집에 온 것 같다. 오늘이 무슨 특별한 날이 아니고 정말 매일 이렇게 먹는 걸까? 주로 혼밥을 해오던 나에겐 문화적 쇼크다. 이렇게 여럿이서 시끄럽게 밥을 먹어본 게 언제였더라? 고등학교 때였나...

그때 한 노신사가 주방에서 머리를 쑥 내민다.

"이제야 오셨군요!"

내가 오는 걸 알고 있었던 눈치다.

그러자 또 다른 노신사가 국 냄비를 들고 나오며 타박을 한다.

"왜 이렇게 늦었어."

물론 포니테일을 향해서다. 난 어른들을 보고 예의바르게 인사를 드렸다. 어릴 때부터 인사는 잘한다는 칭찬은 늘 들었다.

"안녕하세요. 나주힙니다."

"어서 와요. 난 뽀빠이라고 불러요."

"난 산타. 왜 그런진 모르겠어. 시장하죠?"

"네. 감사합니다. 우와 맛있겠다. 우렁된장국이네요?"

난 포니테일을 따라 밥과 국, 반찬을 식판에 퍼 담았다. 뷔페식이라 골라 먹으면 되는데 다 맛있어 보여 칸이 모자란다. 국은 새로 데웠는지 김이 펄펄 나는 것이 맛있어 보였다. 그러다가 뽀빠이와 산타 두 분 노신사가 핑크랑 블루 땡땡이 앞치마를 두르고 있는 걸 발견했다.

서로 경쟁하듯 따라오시며 이것도 먹어라 저것도 집어라 하신다. 처음 보는 분들인데 우리 할아버지 같다. 머리가 허연 분들이 음식을 권하시니 황송하다. 나도 모르게 '성은이 망극하옵니다' 자세로 임하게 된다. 의아한 표정의 나를 보고 포니테일이 해설을 해준다.

"저분들이 오늘 셰프이시거든요."

"네? 어르신들이 밥을 하신다고요?"

"연세 드신 분들이 밥을 하시니 좀 이상할 수 있는데 마을의 모든 일은 똑같이 나누어서 하고 있지요. 남녀의 역할 차이도 없고 나이가 많다고 예외를 두지 않아요. 우리가 정한 권리이자 의무입니다."

그거 참 괜찮다는 생각이 든다. 요즘 고령화 사회가 되어 어디가나 어르신들이 많은 편인데, 나도 나중에 저렇게 살고 싶다 싶게 행복한 분은 찾아보기 어려웠다.

한때 사회의 당당한 주역이셨지만 이제는 경제적, 육체적 고통에 시달리며 고독한 노년을 이어가는 분들이 많은 것 같았다. 물론 의미 있는 일을 하면서 만족스런 노후를 보내시는 분도 계시지만 말이다.

얼마 전 '디어마이프렌즈'라는 드라마가 참 신선했던 것이, 노인들이 주인공의 할아버지나 할머니 같은 배경 역할이 아니라 극의 주인공으로 주도적으로 이야기를 끌어간다는 점에서였다.

이 마을에서도 남녀노소 관계없이 모두 주인공인 것 같았다. 이곳은 노후를 보내기에 좋은 곳일까? 그렇다면 늙어서 다시 오는 거나 생각해볼까?

사건의 시작, 모자남 가출을 결심하다

그때 산타 할아버지가 외친다. 기차화통이라도 삶아 드셨는지 목소리가 우렁차다.

"마침 잘 왔네. 같이 먹으면 되겠어."

문으로 들어오는 사람을 보니 준호다. 나를 보더니 반색하며,

"왔어?"

하는데 보니 땀으로 범벅이다. 같이 들어오는 사람은 모자를 쓴 남자인데 검게 그을린 얼굴이 사뭇 굳어 있었다. 설마 둘이서 치고받고 싸운 건 아니겠지. 긴급한 일이란 게 저 사람하고 한판 뜨는 거였나. 여기 와서 만난 사람 중에 저런 표정은 처음 본다.

늦은 김에 포니테일이랑 나랑 준호랑 그 모자남하고 같이 앉아 밥을

먹게 되었다. 준호가 먼저 인사를 시킨다.

"음. 여긴 내 고등학교 동창인 석대, 건축을 전공했지. 그리고 여긴 동아리 후배 주희. 이래봬도 출판사 사장님이야."

사장님 호칭이 살짝 찔리는데, 모자남이 흘깃 보면서 중얼거린다.

"여긴 어떻게..."

준호가 끼어든다.

"쉬러 온 거지. 맘에 들면 눌러 살 수도 있고."

"뭐? 누가 산다고 그래?"

나는 바로 항의했다.

"근데 난 소개 안 합니까?"

포니테일이 차돌 같은 얼굴을 들이민다.

"아직 서로 인사 안 했어?"

"뭐 얼굴만 봤죠. 흥흥."

"주희야, 이쪽은 만화가 홍반장. 우리 마을 터줏대감이야."

"만화가요? 와, 어떤 작품을 하시나요? 혹시 웹툰?"

속으로 뜻밖이라는 생각을 하는데 포니테일이 이어 붙인다.

"요즘은 작품 활동을 주로 야외에서 하고 있지요. 손이 커서, 흥흥.."

"야외라면 어떤..."

야외에서 뭘 한다는 건지...
딱 보기에 세상 제일 한가하게 사는 분 같은데...

그러거나 말거나 고개를 숙이고 밥을 먹는 모자남이 신경이 쓰인다.
포니테일도 그런지 질문을 던진다.

"둘이 얘기는 잘 됐어요?"

준호는 모자남을 바라보고 모자남은 결의에 찬 표정으로 포니테일
을 바라본다.

"저도 쉽게 내린 결정이 아닙니다. 부모님 문제도 있고..."

"마을회의에서 인사라도 하고 가지."

준호가 한 번 더 얘기를 해본다.

"괜히 사람들 힘만 빠질 것 같아 그만둘래. 나 오늘 밤으로 올라간
다."

"안타깝네요. 마을이 처음 생길 때부터 함께 했었는데 이렇게 갑자
기."

포니테일은 정말 안타까운 표정이다. 나는 저 모자남이 마을을 떠나
는구나, 짐작할 뿐이다. 그래서 분위기가 무거운 거고.
어색한 분위기를 못 견디는 나는 엄한 준호를 잡는다.

"사람을 오라고 했으면, 응? 입구에 나와 기다리든지

해야지 내가 얼마나 헤맸는지 알아?"

"그러게. 너 온다고 하니 길 못 찾을까봐 제일 걱정되더라."

"걱정만 하면 뭐해. 아휴. 한 번만 더 돌았으면 저녁도 못 먹을 뻔했잖아."

"어쨌거나 이렇게 와서 앉아 있잖아. 끝이 좋으면 다 좋다는 말 알지?"

그 와중에도 밥이 너무 맛있다. 혼자서 집에서 이렇게 먹으려면 엄청난 품이 들 것이다. 여럿이 준비를 해서 그런지 반찬이 가짓수도 많고 하나같이 싱싱하다. 입 속에 넣고 아삭 베어 물면 자연의 생기가 그대로 들어오는 것 같다. 이런 먹는 기쁨도 참 오랜만이다.

'이런 게 사는 건가...'

온갖 야채를 집중적으로 공략하고 있으려니 포니테일이 한 마디 얹는다.

"그거 다 요 앞 텃밭에서 농사지은 거예요. 홍홍..."

“그렇죠? 역시 다르네요. 오호호.”

같이 모여 떠들면서 밥을 먹으니 참 즐겁다. 아니 내가 이 사람들을 언제 봤다고, 밥 한 끼에 넘어가버렸나. 처음 들어올 때의 낯선 느낌이 스르르 사라졌다.

“그런데 왜 홍반장이에요? 동네 반장이신가?”

그때 밖에서 쿵쾅쿵쾅 누군가 뛰어 들어왔다.

“저기요! 큰일 났어요!”

젊은 청년이다.

“연수야, 왜? 무슨 일이야?”

다들 밥 먹다 말고 고개를 들었다. 연수라고 불린 청년은 울상이었다.

“얼른 닭장 좀 가 봐요.”

암탉을 위한 세레나데?

꼬꼬댁꼭꼬!! 꼭꼭꼭꼭꼭!!!! 후다다다닭!

밖으로 뛰어나가니 '곡성'이 울러 퍼지고 있었다. 닭들의 곡성이었다. 너구리라도 닭장에 들어갔나?

가보니까 닭장 속엔 닭들뿐이다. 그런데 왜 난리인가? 닭들이 서로 이리저리 쫓고 쫓기고 있다. 갑자기 웬 닭들의 전쟁이람? 저러다 서로 다 깔려죽을 거 같다.

그때 갑자기 누군가 소리쳤다.

"저기 저기!"

"으악! 저걸 어째…"

그 시선을 따라간 곳에 닭 한 마리가 죽은 듯 엎어져 있었다. 그런데도 남은 닭들은 꼬꼬댁거리며 이리 뛰고 저리 뛰고 있었다.

"저 봐 저 봐. 내가 진작 닭을 정리해야 한다니까. 결국 저렇게 됐네."

누군가가 혀를 차며 말했다. 보니까 아까 낙생에서 목소리가 제일 크던 남자였다. 코가 높고 눈썹이 회색으로 약간 서양인처럼 생겼다.

"불쌍해서 어쩌나, 쯧쯧."

"괜히 불쌍하네 어쩌네 하며 미루더니 결국 이렇게 희생자가 나왔잖아. 오늘 안으로 해결합시다!"

뭘 해결하자는 건지 궁금해서 난 또 물었다.

"뭐예요? 닭들이 뛰다가 서로 밟힌 거예요?"

"그런 셈이지. 수탉이 너무 많아서 이렇게 됐어."

다짜고짜 결론만 얘기하니 무슨 얘긴지 알 수가 없다.

“네? 그게 무슨 말이에요?”

옆에서 한숨만 쉬던 준호가 애써 설명하기 시작했다.

“봄부터 병아리를 사다 키웠는데 암탉이 10마리, 수탉이 10마리였어.”

“짝이 딱 맞네. 그게 어때서요?”

“저 정도면 수탉은 한 마리만 있으면 된다고 하더라고. 암수 비율은 10대 1이 적당하다는 거야.”

“왜, 왜요? 닭들이 이슬람도 아니고.”

“닭은 원래 그렇대요. 수탉이 많으면 싸움이 나고 암탉이 너무 고생인데, 처음이라 그런 것도 몰랐던 거죠.”

홍반장이 한숨을 쉰다.

“말도 안 돼!”

처음 들어보는 얘기였다.

"그럼 저 암탉이 괴롭힘을 당해서 죽었단 말이에요? 무슨 학교폭력도 아니고 이런 일이 있어요!"

"학교폭력이 아니라, 굳이 말하자면 사랑의 희생양…"

뭔 소리야.

홍반장의 말을 싹둑 자르며, 난처한 표정으로 준호가 말을 잇는다.

"닭을 처음 키우다 보니 실수를 한 거지."

"이렇게 말할 시간이 어딨어. 자자, 후딱 밥 먹고 옷 갈아입고 나오라고. 닭 잡아야지."

목소리가 괄괄한 아까 그분이 성질도 제일 급한지 서둔다.

"내일이 장날이니 오늘 잡아야 할 텐데."

"그러면 되겠네. 그럽시다!"

일단 닭을 대충 진정시키고는 다들 다시 낙생으로 들어가기 시작했다. 그때 연수 청년이 뒤에다 대고 외쳤다.

"그러면 누가 할 거예요? 누가 고양이 목에 방울을 달죠?"

시끄럽게 떠들던 사람들이 갑자기 쥐죽은 듯 조용해졌다.

한밤의 난투극

잠시 후 어둠 속에서 난데없는 난투극이 벌어졌다.

어둑어둑한 닭장에는 닭 열아홉 마리와 사람 세 명이 들어가 있었다. 그런데 닭들만 있을 때보다 몇 배로 시끄러웠다. 아까는 곡성이었다면 지금은 아비규환이랄까. 듣고 있기에 너무나 괴로운 난리법석이었다.

"빨리 좀 어떻게 해 봐요!"

난 귀를 막고 소리쳤다. 안에 있는 사람들은 들리지도 않는지 투우사 처럼 이리 뛰고 저리 뛰며 닭들보다 더 꽥꽥거렸다. 누가 저들을 저 안에 집어넣었나?

조금 전 낙생에서 우린 최초 제보자인 연수의 제의로 고양이 목에 방울 달 사람을 뽑았다. 즉 닭장에 들어가 직접 닭을 잡을 사람을 선발한 것이다. 그동안에도 몇 번이나 이웃 마을 어르신들이 닭을 잡아야 한다

고 주장했지만 그걸 할 사람이 없어서 못 하고 여기까지 왔다고 한다.

그런데 드디어 그간의 경고를 무시한 결과로 참담한 사건이 발생하고 보니 더 이상 미룰 수는 없다고 생각한 것이다. 그렇다고 닭집 사장님을 마을까지 오시라고 할 수는 없는 일이니 최소한 닭을 생포라도 해서 가지고 나가야 했던 것이다.

닭을 잡아 털을 뽑으라는 것도 아니고, 그냥 생포만 하는 것도 숨 쉬는 마을 사람들에게는 너무나 큰일이었다. 마치 구월산 호랑이를 잡아 오라기라도 한 것처럼 다들 엄두를 못 냈다. 결국 사다리타기를 했다.

그 결과가 바로 지금 저 닭장 안에 들어가 있는 세 사람이다.

'ㅋㅋㅋㅋㅋㅋㅋㅋㅋㅋ'

첫 번째는 아까 낙생에서는 조용히 밥만 먹고 있던 오대인. 시끄러운 가운데 유일하게 아무 말도 안 하고 있어서 오히려 눈길을 끌었었다. 알고 보니 원래 먹을 때는 유독 한마디도 안 한다고 한다. 대인은 별 뜻 없고 남달리 머리가 크다는 얘기라나, 맙소사!

덥수룩한 머리는 크기만 한 게 아니라 내용물도 우수한 뇌섹남이라

고 하는데 큰 머리는 지금 닭을 잡는 데는 전혀 쓸 데가 없어 보인다. 헤딩이라도 하면 모를까. 큰 한숨을 내뿜으며 좁은 닭장을 시름으로 가득 채우고 있다.

두 번째는 의문의 만화가 포니테일. 연신 고개를 저으며 '안 되는데... 이 손은 그림 그리는 손인데...' 하고 있다. 못 하는 게 없어 '어디선가무슨일이생기면홍반장'이라는 별명도 가지고 있다고 하니 저 손으로 닭도 잘 잡지 않을까 하는 기대를 받고 있다. 하지만 천하의 홍반장도 처음이긴 마찬가지라고 한다.

세 번째는 바로 숨 쉬는 마을의 유일한 '학술기관'인 '숨 쉬는 마을 생태공동체 연구소'의 소장님, 어린 왕자 이준호씨. 농사일을 해도 타지 않는 하얀 얼굴과 반백인 머리가 어둠 속에서 LED전구처럼 눈부시게 빛나고 있다. 머리에 광부들이 사용하는 전등을 달았기 때문이다. 어두운 닭장에 유일한 불빛이라 닭들의 집중 공격을 받고 있다.

그렇다. 닭장 속의 난투극은 닭을 잡으려는 난투극이 아니라, 놀란 닭들의 공격을 이리저리 피해 다니는 3인방의 도망극이었던 것이다. 엄청난 에너지로 공격해오는 닭들을 하릴 없이 족구 하듯 발로 차고 있었다.

'사람이 닭을 잡는 거야, 닭이 사람을 쫓는 거야.'

밖에 있는 우리는 닭털이 날리는 닭장을 안타깝게 바라볼 수밖에 없었다. 체력전에서 판정승을 거둔 닭들은 의기양양하게 더 큰 소리로 꼭꼬꼭꼬 꼬끼요~~ 홰를 치고 난리다.

"더워 죽겠는데 빨리 좀 하고 나와!"

그걸 보고 있던 백작이 참다못해 소리쳤다. 백작은 후딱 해치우자며 괄괄한 목소리를 내던 분의 별명이다. 사다리 게임 하는 동안은 또 얼마나 시끄러웠는지...

사다리 게임 한 번으로 난 마을 사람들의 캐릭터를 얼추 파악해버렸다. 목소리 크다고 싸움 잘 하는 건 아니라는 것도, 누구보다 마음 약하고 눈 촉촉한 사람이 백작이라는 것도.

실은 솜씨 좋은 목수라고 하는데 왠지 언젠가부터 백작으로 불렸다고 한다. 그리고 희한하게도 그 이름이 제법 잘 어울린다.

백작은 장화와 장갑, 우비를 챙겨 입고 성큼성큼 닭장 안으로 들어갔다.

"닭 잡을 줄 알면 진작 들어오지."

안에서 준호의 볼멘 목소리가 들린다.

"내가 어디서 닭을 잡아봤겠나. 치킨이나 먹을 줄 알지. 그래서 이거 그냥 오늘 밤에 또 이렇게 놔둘 거야? 밤사이에 암탉 다 죽으라고?"

"그건 그렇죠. 그럼 이제 어떡하죠?"

달려드는 수탉들을 발로 차내며 오대인이 울먹였다. 동그란 안경에 김이 서려 앞도 안 보이는 것 같았다.

"손으로 잡아야지 그걸 발로 차면 어떻게 잡나, 이 사람아!"

그러더니 손을 내밀고 닭들 쪽으로 우우 뛰어간다. 닭들은 한층 더 열을 내며 이리 뛰고 저리 뛰고 난리법석이다. 준호는 그 와중에 다가오는 닭들을 재빠르게 발로 또 차낸다. 수탉은 그렇다 치고 암탉들까지 무슨 죄인지. 내가 닭이라면 스트레스로 심장마비 올 것 같다.

참다못한 내가 한방 쪼았다.

“도대체 만지지도 못하면서 닭은 왜 키워요?”

“달걀 먹으려고…”

르 미제라블! 지금 닭장 안에서, 아니 세상에서 제일 불쌍한 자, 오
대인이 우물거렸다.
달걀이라니, 언감생심!

남자 네 명이 들어가서 닭을 이리 몰고 저리 몰고 하나도 잡지도 못
하고, 이 열대야에 무슨 일이야! 그런데 정말 저러다 닭을 잡기는커녕
닭들에게 잡히는 건 아닌지.

얼마 전 유튜브에서 본 영상이 떠올랐다. 동물과 인간의 입장이 바뀌
어 인간들이 가축이 되어 괴롭힘을 당하는 내용이었다. 그럴 정도로 지
금 동물들이 고통을 겪고 있다는 주제였는데, 상상만으로도 끔찍했었
다.

어쨌거나 선수 한 명이 보충되니 조금이나마 전력이 우세해지고 ‘드
디어’ 한 마리가 백작의 손에 잡혀 밖에 있는 자루에 넣어졌다. 그런데
자루에 들어간 닭이 이리저리 뛰니까 자루채로 저만큼 가버린다. 구경
하던 사람들은 또 자루도 못 잡아서 벌벌 떨고. 이렇게 말하고 있는 나

는 그 중 제일 큰 소리를 내며 멀리 도망간 1인임을 고백한다.

　간신히 수탉 9마리를 다 잡은 네 사람이 부족전쟁에서 승리한 인디언처럼 위풍당당하게 닭장 밖으로 나왔다. 닭털이 날리고 여름밤에 참기 어려운 냄새도 동시에 확 퍼진다. 엉망진창이었다.

서울에서 온 시골백작

"식혜 마시고 열 식혀요!"

'되도 않는' 아재개그의 달인 숙빈 여사가 얼른 얼음동동 식혜를 대령했다. 숙빈은 궁중여인의 음식솜씨와 미모를 가졌다고 붙여진 별명이다. 예를 들면 이런 식이다.

"세상에서 제일 쓴 소는?"

"졸릴 때 먹으면 좋은 해산물은?"

답을 안다면 당신은 이미 아재 만렙! (※정답은 85쪽에)

근데 음식솜씨라면 후궁이 아니라 수라간 상궁 아닌가? 듣자하니 숙변이 많아 화장실에 산다는 소문은 무엄해서 이만. 근데 임금도 없는데 후궁이라니...

백작처럼 숙빈도 참 맥락 없는 별명처럼 들리지만, 듣는 순간 입에 착착 달라붙고 고개가 끄덕여지니 이상한 노릇이다.

"역시 우리 숙빈 솜씨가 최고야. 언제 또 만들어놓은 거야?"

다들 식혜가 맛있다며 왁자지껄하다. 먹는 거 하나 가지고 이렇게 좋아하는 사람들도 참 오랜만이다. 그냥 식혜 한 그릇일 뿐인데.

식혜를 시원하게 들이킨 백작은 한층 우렁차고 자신만만한 목소리로 외쳤다.

"아우 그냥 닭을 잡기는커녕 닭에게 잡힐 뻔했네. 응? 어쩌면 그렇게 겁들이 많아. 장정이 셋씩이나 들어가서는 닭들한테 쫓기기나 하고."

"저 서울 출신이라고요. 언제 이런 걸 해봤어야죠."

개미목소리의 주인공은 준호였다. 짐작은 했지만 이 정도일 줄이야.

"저도 부산, 광역십니더."

오대인은 부산이었구나. 그리고 보니 사투리가 깊이 숨어 있는 것 같다.

“저도 웬만한 건 다 해봤지만 닭 잡는 건…”

못 하는 거 없다던 홍반장도 꼬리를 내렸다. 어느새 닭이 들어 있는 자루를 하나씩 묶고 있던 백작이 억울한 표정으로 항변했다.

“나도 뼛속까지 서울 사람이야. 이거 왜 이래.”

“그래요? 의원데요.”

내가 관심을 보이니 기다렸다는 듯이 얘기를 이어갔다. 알고 보니 마을 공식 만담가였을 줄이야.

“내가 말이야. 서울 하고도 북촌, 한옥에서 태어났어. 고종 황제 시절에 벼슬을 하신 할아버지 때부터 살던 집이지. 그런데 말이야……”

다들 또 시작이군, 하는 표정으로 애써 다른 곳을 보고 있다. 나라도 맞장구를 쳐드려야겠다는 생각이 들었다.

“그럼 이 마을에는 어떻게…”

“한옥 좀 다시 지어보려고 목공 배우러 갔다가 준호 소장이랑 석대

팀장을 만난 거지. 참 인연이란 게 묘해."

"목공도 배우러 갔었어?"

나도 모르게 준호 쪽을 봤다. 백작이 틈을 주지 않고 말을 이었다.

"배우러 간 건 맞지. 끝까지 배운 건 나뿐이었지만."

전에 어디 살았든 전생에 무엇이었든, 지금 백작은 천생 여기서 나고 자란 사람 같다. 비록 닭은 오늘 처음 잡아봤다지만 앞으로 그런 일이 생기면 또 제일 큰 목소리로 나설 것이다. 그에 반해 여전히 시골 티 하나 안 나는 오대인이 개털 같은 머리의 닭털을 털면서 묻는다.

"근데 어떻게 그렇게 못하는 게 없습니꺼? 목공이면 목공, 농사면 농사, 용접이면 용접, 이젠 하다하다 닭 잡는 것까지."

"다 마을에 살면서 자연스럽게 하게 됐지. 살다 보니 하나씩."

닭을 모두 정리해서 한쪽에 가지런히 놓으면서 백작이 일어섰다. 몇몇 자루는 아직도 이리저리 펄쩍펄쩍 돌아다닌다.

"그래서 집까지 짓게 되신 거예요?"

닭들이 움직이거나 말거나 아랑곳 않고 숙빈이 식혜를 한 잔 더 권하며 콧소리로 치켜세운다. 아무래도 그녀의 임금은 백작인 듯하다.

"집은 그게 무슨 집이야. 목공 연습 하다 보니 조그맣게 만들어 본 거지."

백작이 집을 지었다는 말에 난 깜짝 놀랐다.

"집을 지었다고요? 어디에요?"

"마을 입구에 동그란 집 못 봤어요? 그거 백작님 솜씨예요. 덕분에 홍반장네는 점점 파리 날리겠어요. 호호."

"난 본연의 예술활동에나 집중해야지, 뭐."

홍반장이 심드렁하게 인정하니 숙빈의 잔소리 자락이 늘어졌다.

"그런데 마을에 산 지 5년이나 됐는데 아직 뭐 하나 할 줄 아는 게 없는 분도 계시죠?"

다들 동시에 준호를 바라본다. 하긴 흰 머리카락만큼이나 희고 가는 손가락으로 무얼 하랴. 저 우아한 손가락에 반했던 적도 있었으나 썩 쓸모 있는 손가락은 아닌가 보았다. 물론 의사 일을 다시 한다면 수술을 하는 등 유용하게 쓸 수는 있겠다. 아, 시도 곧잘 썼었는데…

"참, 요즘도 시 써? 전엔 곧잘 쓰곤 했잖아."

"예예. 하루하루가 너무 감동적이어서 수시로 시를 쓰시죠, 허공에. 멍하니 하늘 보고 계시기 일쑤고. 거기 뭐라도 놓고 온 사람처럼."

어린 왕자 잡는 데도 숙빈이었다.

"크크, 여전하구나. 그런데 여기 계신 분들은 다 도시 출신인가요? 그러니까 다른 시골에서 살다 오셨거나 그런 분은 안 계신가요?"

"원래 시골에 살던 분이 뭐한다꼬 귀촌을 하겠십니꺼."

갑자기 오대인의 묵직한 사투리였다. 쌈디랑 대화하는 줄…

"그게 뭐가 중요해요. 몇 년 이러고 살다 보니 시골사람 다 됐죠. 나도 처음엔 장에 나가면 서울댁이라고 대접해 주더니 이젠 똑같아. 호호호."

숙변, 아니 숙빈마마의 얘기가 길어지니 하나둘 일어서기 시작한다.

"얼른 들어갑시다. 낼 새벽 명상에 늦지 않으려면. 그리고 세 사람은 내일 장에 가서 마무리하는 것까지가 사다리 결과인 건 알지?"

백작의 당부에 아까 닭장에 들어갔던 세 사람은 벌써 울상이다.

"누가 들으면 닭털 뽑아 삼계탕 끓이라는 줄 알겠네. 하하."

세 사람의 땅이 꺼지는 한숨을 뒤로 하고 구경꾼들은 각자 집으로 흩어져갔다.

※정답 : 에스프레소/오분자기

마을살이의 시작

이런 깡촌에서의 첫날밤

생각보다 저녁시간이 길어졌다. 다들 집으로 가는데 난 다시 낙생으로 돌아왔다. 오늘은 어디서 자야 하나, 하고 있는데 홍반장이 나를 챙겼다.

"자, 가시죠. 닭들 때문에 늦어졌네요. 빨리 쉬셔야 할 텐데."

닭 냄새가 폴폴 나는 차림새 그대로다. 하루 종일 운전한 나보다 더 쉬어야 할 사람으로 보였다.

"괜찮으세요? 피곤해 보이네요."

"아니에요. 내일 그 닭들을 데리고 나갈 생각을 하니 마음이 무거워서 그래요."

그는 오늘 나의 안내를 맡았다며 앞장을 섰다. 아까 들어올 때 차를 세워놓은 곳이 마침 마을 게스트하우스 앞이었다.

겉에서 보면 그냥 삼각 지붕에 네모난 창문 달린 시골집이었는데, 문을 열고 들어가니 탄성이 절로 나왔다. 원목으로 만든 실내에 아기자기한 소품들이 제주도에 놀러갔을 때 묵었던 예쁜 게스트하우스를 생각나게 했다.

"잠시만 기다려 봐요. 보일러 틀었으니까 금방 훈훈해질 거예요."

"네? 이 여름에 보일러요?"

"오랜만에 손님이 드시는 거라 눅눅할까봐 아까 낮에 장작을 좀 넣었어요."

"장작이요?"

"여긴 다 장작 때서 사용하는 화목 보일러예요. 그럼 쉬세요."

"저 괜찮은데…"

"시골이라 밤엔 추워요. 샤워하려면 더운 물도 써야 할 테고."

그런데 홍반장이 나가자마자 집이 무너질 듯 덜컹덜컹 소리가 났다.

"이런 이런! 불이 꺼졌네."

투덜거리는 소리에 얼른 따라 나가 보니 집 측면으로 보일러실이 붙어 있고 크고 작은 장작들이 쌓여 있었다. 그 중 작은 막대기로 홍반장이 연통을 쾅쾅 두드리고 있는데, 굴뚝에서 연신 흰 연기가 하늘로 뭉글뭉글 올라간다.

연기를 따라 하늘을 올려다보니 끝을 알 수 없이 계속 올라간다. 심연처럼 깊은 청색 하늘과 멀리 낮은 산자락이 만나는 지평선에서 별이 하나씩 올라오고 있다. 서울에서는 볼 수 없던 맑고 짙은 하늘빛이다. 어쩌자고 나는 여기까지 와 있는가. 문득 신기하고도 감사하다.

불이 잘 안 붙었는지 홍반장이 콜록거리며 부채질을 빠르게 한다. 흰 연기가 안개처럼 자욱하다. 버튼만 누르면 금방 집안이 뜨끈뜨끈해지던 서울 집이 생각난다. 아차, 이제 그 집도 내 집이 아니군. 왠지 서럽다.

그런데 여기서 살려면 매일 이렇게 불을 때야 하나? 그렇다면 보통 일이 아닌 걸. 금방 떠날 거면서 난 뭐 이런 걱정을 다 하고.

“여긴 도시가스 아니 아무튼, 시골가스 같은 건 없나요? 그러니까 따뜻하게 하려면 꼭 이렇게까지 해야 되는 거예요?”

“불 때는 거 어렵지 않아요. 금방 배워요.”

“네? 누가 배운다고 했나요? 저야 뭐 금방 갈 건데.”

“그래도 배워두면 좋을 텐데...”

천만의 말씀이었다. 여기 있으면 왠지 일상이 ‘만원의 행복’이나 ‘극한 직업’ 체험이 될 것 같다. 물론 말로 한 건 아니다. 지금은 잘 보여야 따뜻하게 잘 수 있을 것이다.

“짐은 다 풀었나?”

어느 새 아까의 닭털을 모두 씻어내고 말끔해진 준호가 뒤에 와 있었다.

“아니 아직. 홍반장님이 불 때고 계셔서.”

혼자만 말끔해진 것이 얄미워 바쁜 티를 낸다. 그런데 홍반장은 속도 없이 어서 오라고 손짓을 한다. 오호라, 대인배다.

"이리 와서 부채질 좀 해봐. 이 집 오래 비워놔서 그런지 불이 잘 안
붙네."

그 말의 상대방인 준호는 들은 척도 안 하는데 내가 괜히 미안하다.
홍반장은 준호에게 무슨 빚이라도 졌는지, 아님 노예계약이라도 한 건
지 땀을 뻘뻘 흘리며 일을 하고 있으니 말이다.

"둘이 무슨 관계야, 대체!"

"우리? 죽고 못 사는 관계!"

"그렇지! 아주 그냥 은행나무 침대 같은 관계지. 전생부터 엮인."

홍반장이 부채질을 더 세게 해서 연기를 퍼뜨리며 말했다.

"그건 또 무슨 소린가요?"

"그러니까 이 아재야. 주희는 그런 호랑이 담배 피우던 시절 영화 알
지도 못한다고."

"그래? 어떻게 그 명작을 모르지. 그 애절한 천년의 사랑!"

"천년의 사랑이고 뭐고, 금생의 반쪽 찾을 생각이나 해. 만날 나한테 붙어있지 말고."

"누가 할 소릴!"

홍반장이 부채에 분노를 담아 파닥파닥거렸다. 아니 땐, 아니 나름 땠으나 불이 안 붙은 굴뚝에 안타까운 연기가 피어올랐다. 난 빠르게 눈을 깜빡이며 연기의 끝을 따라갔다. 사실 은행나무 침대 잘 아는데…

"이런 구경은 처음이지?"

준호가 연기를 피해 콜록거렸다.

"응. 난 캠핑도 안 해봐서 불 때는 거 처음이야."

"아니 두 남자가 이렇게 죽자고 좋아서 어쩔 줄 몰라 하는 거 말야."

"절대 그렇게 안 보이는데…"

"우리 5년차 부부야. 하하."

무어어?

"5년째 하우스메이트로 살고 있다고."

"요즘 권태기라 좀 그래."

어느새 홍반장도 말을 텄다. 그렇다면 나도 뭐..., 아니고 나보다 연장자 되시는군. 서로 티격태격하면서도 좋다고 또 붙어 있는 것이 우습기도 하고 어쩐지 정겹다.

그나저나 나란 사람, 이 나이 먹도록 캠핑도 한번 안 가고 뭐하고 살았나 싶다. 그렇다고 딸린 부양가족이 있는 것도 아닌데 이상한 노릇이다.

10년 동안 회사의 노예나 다름없이 다 바쳤건만... 지금 내게 남은 건 10년 치 늙은 몸과 10년 치 퇴직금이 빠져나간 빈 통장과... 생각하니 무언가가 울컥 치밀어 오르며 목이 멘다. 그러나! 슬퍼할 겨를도 없이 이곳에선 기본적인 생리현상 해결만도 큰일이었다.

"그런데 화장실은 어디야?"

"생태화장실 말이야?"

"그럼 다른 화장실도 있어?"

"자세히 안 본 모양인데 게스트하우스 안에도 있긴 있어. 들어가서 왼쪽이야."

하긴 화장실은 원래 집안에 있지. 내가 왜 당연한 걸 묻고 있나, 하는 생각을 하며 안으로 들어가려고 했다.

"그래도 웬만하면 생태화장실을 이용하는 게 좋지. 알다시피 여긴 생태마을이니까. 그리고 생태마을의 꽃은 생태화장실이라고 할 수 있거든."

"그렇다면 기대되는데? 어딘데, 멀지는 않아?"

화장실 팝니다? 그런 거 안 사요!

화장실은 바로 게스트하우스 근처에 있었다. 준호를 따라 뒤로 돌아가 작은 둔덕을 넘으니 성같이 웅장한 목조건물이 눈에 띄었다. 이것인가? 하는데 그 안에서 하얀 개 한 마리가 뛰어나오더니 준호를 보고 미친 듯이 달려들었다.

그것은! 무려, 심지어, 무엇으로 형언해도 과하지 않은 그 건축물은 개집이었다. 희디 흰, 마을 입구의 간판보다 깨끗한 문패에는 '춘자네'라고 적혀있다. 포스트모던 스타일의 개집에서는 하얀 공 같은 생명체가 끝도 없이 쏟아져 나왔다. 101마리 달마시안, 아니 11마리 흰둥이인가?

"춘자!"

준호의 지엄한 명에 춘자라고 불린 어미개가 정신을 차리고 자리에 앉고 흰 솜뭉치 같은 강아지들이 굴러와 아메바처럼 쉴 새 없이 움직였다.

“얘네 다 뭐야? 이 집에서 사는 애들이야?”

“춘자 이 녀석이 다산의 여왕이야. 새끼만 낳았다하면 이렇게 많이 낳는다니까.”

“돼지도 아니고 이렇게나 많이 낳아?”

돼지가 새끼를 많이 낳는지 어떤지는 몰랐지만 어쩐지 그럴 것 같았다. 꼬물거리는 애들을 하나씩 다 안아보고 싶었으나, 춘자 일가의 관심을 준호가 독차지하고 있는 동안 일단 그곳을 벗어나 화장실로 향했다.

춘자네 집에 비해 소박하고 허름하게까지 느껴지는 생태화장실에는 '비움의 공간'이라고 목판에 새겨 있다.

'여자용'이라는 핑크색 글씨와 소녀 그림이 있는 칸으로 들어가니 커다란 파란색 통 옆에 수세식 화장실과 똑같이 생긴 변기가 있고 EM이라고 적힌 분무기가 하나 선반에 놓여 있다. 앞에 사용 방법이 붙어 있다.

다 비우신 후 파란색 통의 왕겨를 적당히 뿌려주시고 분무기 속의

생태 화장실

착석하면 아래의 글을 강제로 읽게 된다.

생태화장실은 물을 사용하지 않고 그대로 자연으로 돌려보냄으로써 지구사랑을 실천하는 가장 좋은 방법입니다. 수세식 화장실은 편리하고 위생적으로 보이지만 한 번 사용에 8L의 물을 사용하며, 오폐수를 그대로 바다로 내보냄으로써 지구를 오염시키고 엄청난 물을 낭비합니다.

숨 쉬는 마을은 생태화장실을 만들고 보급함으로써 자연과 조화를 이루는 삶을 실천하고 있습니다.

화장실 하나 사용하는 데도 뭐 이리 복잡한 이유가 필요한가. 그냥 깨끗하고 편리하면 좋은 거 아닌가. 그런데 수세식 화장실의 배설물이 그대로 바다로 나가는 줄은 몰랐는걸. 정말일까.

어쩐지 이곳을 이용하는 것이 지구에 큰 보탬이 되고 있다는 뿌듯함을 가지게 하는 내용이다. 집 밖에 있어서 조금 불편하지만 그것을 상쇄하는 보람이 있다고나 할까. 강요된 보람인가.

EM이라는 건 또 뭔지. 칙칙 분무하니 식초 같은 시큼한 냄새가 난

다. 생태화장실, 무언가 엄청난 것을 예상했는데, 의외로 깨끗했고 평 범했다. 물을 내리지 않는다는 것 말고 수세식 화장실과 큰 차이를 느 낄 수 없었다. 참고로 내가 예상했던 건 시골 할머니 댁에 있던 재래식 화장실의 비주얼과 냄새였다.

아무튼 적혀 있는 대로 화장실 사용을 무사히 마무리하고 나오니 준 호가 아직도 춘자네 식구들에게서 헤어나지 못하고 있었다.

"대체 몇 마리야?"

"지금까지 파악한 바에 의하면 9마리야."

"와, 춘자씨 대단하다. 정말."

"어때? 생태화장실 처음 사용해보니까?"

"뭐가?"

"좀 다르잖아. 괜찮았어?"

"별로. 물 내리는 대신에 왕겨 뿌려주는 것 말고는 뭐 다를 것도 없잖아?"

내가 뭐 호들갑이라도 떨며 나올 줄 알았나?

"혹시나 했지."

"그런데 저건 어떻게 치우는 거야? 통 속에 왕겨 뿌려서 모아두면 그 다음엔 말이야."

"화장실 청소당번이 일주일에 한번 정도 따로 모아서 퇴비로 만들지."

"뭐? 저걸 따로 모은다고? 누가 그걸 들고 나가서 버리고 닦는다는 거잖아. 으윽. 더럽지 않나. 물로 확 내려버리면 깨끗할 걸."

"너 거기 적혀 있는 거 안 읽어봤어? 수세식 화장실 한 번 사용하는 데 물이 얼마나 많이 드는 줄 알아? 가뜩이나 지구적으로 물이 부족한데 그 많은 화장실에서 물을 내려대니 점점 물 부족이 심해지지. 수질 오염은 말할 것도 없고. 그래서 수세식 화장실을 인류 최악의 발명품이라고도 하잖아."

"무슨 말인지 이해는 간다만, 여기서만 안 쓴다고 뭐가 달라지나?"

"그러니까 우리라도 열심히 사용하고 교육도 하고 해서 널리 알리는 거지. 이거 판매도 하고 있다."

화장실을 따로 주문하다니, 믿어야 하나.

"이걸 사가는 사람이 있을라고. 화장실은 집에 다 있는데 뭐 하러 따로 주문해? 그리고 집에 그걸 설치할 여유 공간이나 있어?"

"그럼! 여기 와서 배워가지고 아파트 베란다에 설치한 사람도 있었어."

"왜?"

대체 왜!

"알고 나면 가치에 공감하게 되니까."

난 행여나 그러고 싶은 생각이 하나도 들지 않았다. 자, 주희야. 마음 단단히 먹고 물들지 말자…

"집안에 설치하면 냄새는 안 나나?"

"여기 화장실도 어때? 냄새 안 나지? 왕겨랑 EM만 잘 뿌려주면 유용 미생물이 작용을 해서 냄새가 안 나게 돼."

"그래도…"

과연 그럴까. 일단 좀 더 사용을 해봐야 알 것 같다. 정말 개인적으로 사용하기에 아무 문제가 없는지. 아무래도 그냥 물로 쓸어버리는 게 깨끗하고 편리하지만… 물도 많이 소비되고 오물이 강, 바다로 가서 다시 우리가 먹게 된다니 끔찍하기도 하고.

"참, 아파트에 설치한 사람들은 그걸 모아서 어떻게 해? 폐지처럼 팔수도 없고."

생각하니 정말 황당하다. 음식물 쓰레기통에 버릴 수도 없고. 생각할수록 혼자 웃음이 나온다.

"일단 자기 집에 생태화장실을 설치하려는 사람은 생태적인 삶의 필요성에 깊이 공감하는 사람이거든. 보통은 집에서 작게라도 텃밭을 만들어 농사를 짓는 경우가 많아."

“그럼 아파트는?”

“얘가 정말 뭘 모르네. 아파트도 요즘에 1층이나 옥상에 텃밭 많이
해.”

“오 마이 갓! 이 바쁜 세상에 그렇게까지 하고 살 수가 있나...”

그러다가 문득 든 생각.

‘아, 나 실업자구나. 나야말로 그렇게까지 하고도 남을 시간이 있어.
그래서 여기까지 이렇게 왔고......’

내려앉는 땅거미만큼이나 마음이 묵직해진다. 어느 노래 가사처럼,
더 슬퍼지려 하기 전에 얼른 게스트하우스로 돌아가 짐을 정리하기로
했다. 이러고 있다가 화장실을 충동구매 할지도 모르잖아.

마을살이 위기에 처하다

홍반장이 애쓴 덕에 불이 잘 붙어 게스트하우스는 제법 후끈후끈했다. 더운 건 아니고 뽀송뽀송할 정도의 따뜻함이었다. 몸이 노곤노곤 사우나에 들어온 것처럼 나른해졌다. 오늘 아침부터 지금까지 정말 길고 힘든 하루였다.

'그래, 한가한 김에 며칠 쉬어 갈까? 책은 무슨! 그냥 쉬자.'

책 핑계로 왔지만 지금 이 순간은 책의 'ㅊ'도 생각하고 싶지 않았다. 난 가지고 온 트렁크를 풀고 옷부터 꺼내기 시작했다. 옷걸이를 찾아 두리번거리는데 구석에서 무언가 움직임이 감지되었다. 그런데 그것이 공중으로 확 튀어 오르는 것이었다.

"으악!"

다음 순간 나는 시속 100킬로로 문을 열고 밖으로 뛰어나갔다.

“아이고 깜짝이야!”

아직 멀리 가지 않고 현관문 가까이 있던 홍반장이 진짜 놀랐는지 크게 소리쳤다.

“다칠 뻔 했잖아요.”

“뭐야? 왜 그래?”

여느 때처럼 준호는 놀라지도 않고 느릿느릿이다.

“형! 나한테 이 얘긴 안 했잖아!”

준호는 억울한 표정이다.

“뭐가? 부랴부랴 게스트하우스 깨끗이 청소해놓고 불도 피워줬더니 뭐가 문제야?”

“말은 바로 해야지. 내가 했잖아, 그거.”

홍반장이 퉁박을 놓는다.

“여기 나 말고 다른 생물이 산다는 거 왜 얘기 안 했냐고!”

“누가 산다는 거야.”

눈치 빠른 홍반장이 짐작이 간다는 표정으로 문을 열고 들어갔다. 난 뒤에 멀찌감치 서서 바라보고 있었다.

“모기 들어오니까 들어오려면 빨리 들어와요.”

준호랑 나도 따라 들어가니 아까 나를 놀라게 한 괴생명체가 아직도 그 언저리를 배회하고 있었다. 무슨 일이 있느냐, 하는 듯 그 태연한 자태라니. 우리를 봐도 피하지도 않고 숨지도 않는다. 하지만 당장이라도 튀어오를 것만 같아 소름이 올라온다. 돌연변이 벼룩인가?

“말하는 게 저거지?”

난 홍반장과 눈을 마주치며 열심히 고개만 끄덕였다. 모기 정도는 나도 충분히 처리할 수 있다고. 근데 저건 너무 크고 팝콘마냥 튀어 오르기까지 하잖아. 너무 높이!

두 사람이 갑자기 파, 하고 웃음을 터뜨렸다.

"이런 귀뚜라미잖아!"

귀뚜라미? 보일러 이름이 아니라 진짜 살아있는 귀뚜라미라고? 난 놀란 가슴이 진정되지 않아 숨을 몰아쉬며 제발 그 생명체를 밖으로 좀 내보내 달라고 애원을 했다. 홍반장이 이 녀석은 사람을 전혀 해치지 않는다고 설득을 했지만 결국 나의 읍소에 못 이겨 그것을 현관 밖으로 강제 이주시켰다.

귀뚜라미는 퇴거시켰지만 난 방으로 다시 들어갈 수가 없었다. 집안 어딘가에 녀석의 가족이 더 있을 수도 있다는 생각이었다.

다시 짐을 싸야 하나. 어디로 가야 하나. 현관에서 발자국만 내고 있는 나를 보고 있던 준호가 갑자기 무언가를 가리켰다.

"저기 저기!"

다음 순간 고요한 숨 쉬는 마을에 다시 나의 소프라노가 울러 퍼졌다.

그런데 아무것도 없었다. 이런 상황에 장난이라니!
이 자들을 정말!

“여기 있잖아.”

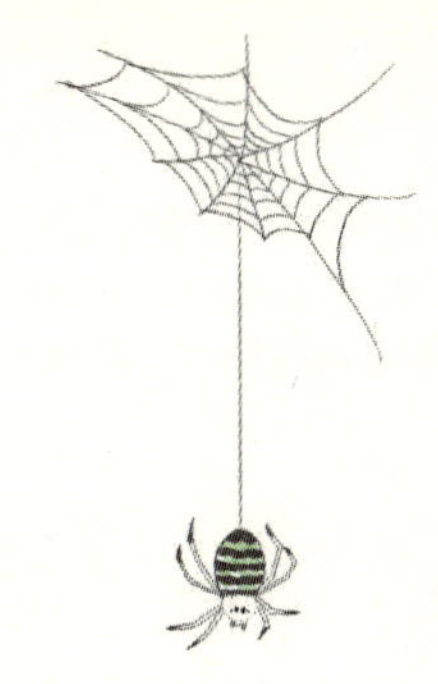

아닌 게 아니라 과연 거미 한 마리
가 위로 쭉 올라가고 있었다. 공기 중
에 반짝이는 줄을 만들어 늘어뜨리고
는 한껏 뽐내면서 줄타기 중이었다.

“거미도 무서워?”

거미는 무서운 건 아니지만, 그래도 잠자는 공간에 거미가 있다는 건
달갑지 않은 일이다.

“딴 데로 좀 옮겨줘요.”

실랑이 끝에 두 사람은 마침내 거미를 체포해 나갔지만, 난 안심할
수 없었다. 한동안 꼼짝 않고 앉아서 또 어느 구석에서 뭐가 나오나 감
시했다. 눈을 감을 수가 없었다. 불을 끌 수도 없었다.

나 이제 어떡해. 서울여자인 내게 이런 깡촌에 오라고 하면 어떡하냐고…
귀인은 개뿔!
점쟁이 말을 믿는 게 아니었다.

펄럭펄럭.
마음속에 플래카드가 나부꼈다.

'내가 이러려고 여행 왔나. 자괴감 들어~~'

간신히 파고든 꿈자리도 몹시 펄럭였다.

산더미 같은 책들을 커다란 화목 보일러에 넣고 태우는 꿈이었다. 그런데 갑자기 불어온 바람에 책이 마구 날아가고 김실장이 그것들을 주워오는데 책이 귀뚜라미 떼로 변해서...

화들짝 잠이 깨고 보니 새벽 4시 반이었다.

새벽부터 백두산 다녀온 얘기

"명상시간은 5시니까 일어날 수 있으면 꼭 나와 봐요."

홍반장이 가면서 얘기를 해주긴 했는데 천만의 말씀, 정말 나갈 생각은 없었다. 해가 중천에 뜰 때까지 푹 자는 것이 나의 목표였기 때문이다. 그런데 어제 귀뚜라미하고 거미에 놀란 가슴은 좀처럼 나를 수면파장으로 들어가지 못하게 했다.

불도 끄지 못하고 누워서 뭐가 나올까봐 곤두서 있다가 잠시 잠이 들었던가. 한번 깨고 보니 아무리 청해도 한번 떠난 그분은 돌아오지 않는다. 밤새 근육을 긴장하고 있어서인지 온 몸은 쑤시고. 이러고 있느니 차라리 명상인지를 참여해보는 게 낫겠다 싶어 눈만 간신히 씻고 밖으로 나왔다. 그런데...

아...!

이런 곳이었던가!

문을 열자마자 말 그대로 은하수가 쏟아졌다. 이렇게 많은 별은 처음이었다. 이런 별이 쏟아지는 하늘 아래 내가 누워 있던 거였다. 나오길 정말 잘했다는 생각이 들었다.

늦게까지 잠을 잤더라면 얼마나 억울했을까. 이 멋진 광경을 못 보고 갈 뻔했잖아. 벌레는 좀 있지만 별이 이렇게 많으니 상쇄가 되는 것 같다. 물론 벌레도 없다면 좋겠지만, 그러면 별도 같이 없어질 것 같다. 마치 서울처럼.

하늘을 보면서 한참을 서 있는데 사람들이 하나둘씩 나를 지나쳐서 마을 가운데 있는 명상센터 건물로 들어갔다. 나도 따라서 들어가니 벌써 20명이 넘는 사람들이 앞쪽을 향해 바르게 앉아 있다. 나도 뒤쪽에 자리를 잡고 앉아 눈을 감아 본다.

잠시 후.

"명상을 시작하겠습니다."

그윽한 목소리에 눈을 떴다. 모두 일어섰다. 앞에서 지도하는 사람이 누군가 보니까 기가 막히게도 준호였다. 가뜩이나 머리도 허연데 지도자복을 입고 서 있으니 멀끔하니 제법 어울리지 않나. 닭장 해프닝의 주인공 같지 않게.

만날 보는 사이지만 정중하게 서로 인사를 하고는 체조부터 시작했다. '오행체조'라고 하는데 머리부터 발끝까지 기혈순환을 도와주고 명상을 잘 할 수 있게 몸을 풀어주는 체조라고 했다.

우리는 선 채로 한참 몸을 털어주고 팔 다리를 풀어주고 복부도 풀어주었다. 앉아서도 몇 가지 동작을 하고 누워서 또 몸을 이완해 주었다.

아무래도 내가 오늘 처음이라 쉽게 진행하는 것 같았다. 알아듣지 못할 말이 하나도 없었다. 눈을 감고 준호의 목소리에 귀를 기울였다.

세상에서 가장 편안한 자세를 취하십니다.

그거야 어려운 일이 아니지. 난 이미 편안했지만 더욱 편안하게 몸을 이완했다.

온 몸의 어디에도 힘이 들어가지 않도록 하십시오.

어깨와 목, 발목을 툭 늘어뜨렸다. 또 어디 긴장된 곳이 있나? 음...

부르는 부위를 이완하십시오.

머리
이마
미간을 톡 폅니다.

그러고 보니 얼굴에 빡 힘을 주고 있었다. 혼자서 이마를 찡그리며 인상을 쓰고 있다는 걸 이완하고 나서야 알겠다.

준호의 미성이 이어졌다. 참 이럴 땐 반하지 않을 수 없는 천생 어린 왕자라니까.

인중
입술 끝에 미소를 머금어 봅니다.

입도 왜 그리 악물고 있었는지... 그러고 보니 턱관절까지 왔을 정도로 말이다.

한편 내 의식은 점점 가물가물...

　머리에서 발끝까지 이완을 해내려가니 그동안의 긴장되었던 것들이
다 풀리면서 몸이 부드러워지는 것이 느껴졌다. 이곳이 천국인가, 천국
이 여긴가... 난 누군가...

　'오잉?'

　눈을 감은 채 천지를 상상해본다. 가본 적은 없으나 사진에서 본 맑
은 천지를 떠올린다.

　'오잉오잉?'

물 속 1미터. 맑고 시원한 기운이 몸 안으로 들어옵니다.

상상을 하니 정말 맑고 시원한 기운이 느껴지는 것 같다. 이럴 수도
있나...

50미터
100미터

.

.

.

500미터
바닥에 닿습니다.
자신의 몸에서 안 좋은 기운을 모두 내보냅니다.
용천으로부터 거품이 나가듯이 탁기가 빠져나갑니다.

몸이 점점 가벼워집니다.

.

.

.

어디서부터 길을 잃었을까? 정신을 차리고 보니 아직 물속인가 보았다.

혹시 잠이 들었었나? 코를 골지는 않았겠지? 살짝 눈을 뜨고 주위를 둘러보는데 다들 그대로 누워들 있다.

준호의 낮은 목소리가 끊어질 듯 이어지고 있었다.

돌아오고 싶지 않았다. 난 계속 눈을 감은 채 깊은 물속의 고요함을 만끽했다. 이렇게 맑아지고 가벼워진 느낌이라니, 태어나서 처음인 것 같았다.

그대로 누워서 편안하게 호흡하는데 옆에 있던 숙빈마마가 나에게 오더니 배 위에 손을 얹는다.

"자, 숨을 들이쉬면서 여기에 힘을 줘 봐요. 쭈우욱--"

현실로 급 소환되어 그녀가 시키는 대로 아랫배에 힘을 주니 올려놓

은 손이 쑤욱 위로 올라간다. 풍선처럼 배가 부풀어 오르는 것 같다.

"여기가 단전이에요. 주희씨 손을 여기에 대고 집중해 봐요."

과연 배에 손을 올리고 배운 대로 호흡을 하니 더 편안했다. 단전호흡이라고 했다. 복식호흡보다 더 아랫배로 하는 호흡인데 생각보다 어렵지는 않았다. 몸에 좋은 거라기에 열심히 따라해 보았다. 어느덧 몸 생각해야 되는 나이가 아니더냐!

2시간 정도 해서 명상이 끝났다. 사람들은 일어서서 몇 가지 동작을 취하더니 다시 앉아서 명상을 하는데 나는 잘 모르기에 계속 누워서 호흡을 했다. 어찌나 편안한지 내 집 침대에 누워있는 것 같다. 이럴 줄 알았으면 어젯밤에 잠 안 올 때 여기 와서 있을 걸 그랬다는 생각이 든다.

하긴 그냥 누워있는 게 아니라 이렇게 호흡을 배우면서 하니까 좋은 거겠지. 아마 나 혼자 있었으면 또 귀뚜라미든 뭐든 나왔을지도 몰라.

그나저나 이 마을의 명상, 뭔가 있다. 난생 처음 해본 단전호흡, 좀 더 배워보고 싶다는 생각이 든다. 하루 한 번 이렇게 다 함께 한다니 내일 새벽에도 해보면 어떨까. 하루는 더 있어봐야겠다.

5일장 나들이

마을 주민들은 명상 시간에만 딴 사람이 되나 보았다. 낙생에서 아침 식사를 위해 만난 사람들은 어제처럼 다시 와글와글 모드로 돌아가 있었다. 그래, 이들은 하루에 한 번이라도 말 안하는 조용한 시간을 가지는 게 마땅하다 싶었다. 안 그러면 세상이 너무 시끄러울 거야.

아침을 먹은 뒤 어제의 용사들아 다시 뭉쳤다. 트럭에 닭이 든 자루를 싣고 장터에 가지고 나가는 길이었다.

"지금 장에 나간다고요? 나도 가면 안 돼요?"

없는 것 빼고 다 있다는 시골 장 구경도 하고 싶었지만 어제 잡은 닭들의 진로도 같이 챙기고 싶었다. 참 이상하지. 잠깐 봤을 뿐인데 내 닭 같이 애착이 생겨버린 것 같으니.

두말없이 준호가 썩 나선다.

"그렇지 않아도 난 오늘 좀 바쁜데 잘됐네."

오 땡큐!
그런데 다른 두 사람이 억울해하는 모습이라니! 난 가고 싶은데 왜들
이러지?

트럭은 운전석 포함해서 자리가 세 자리뿐이었다. 난 가운데 끼어 앉
았다. 15분 정도를 달려 장에 도착하니 그들을 이해할 수 있었다. 닭이
든 자루를 닭집에 넘긴다는 것이 보통 일이 아니었던 것이다.

닭들은 어젯밤에 넣어둔 그대로 자루 안에 있었다. 그런데 여전히 쌩
쌩했다. 트럭에 실려서도 꼭꼭거리고 한시도 가만히 있지를 않았다. 닭
집 앞에 자루를 하나하나 내려놓는데, 이리저리 움직이고 난리가 아니
었다. 닭을 꺼내는 건 차마 못 하고 닭집 사장님이 하셨다. 그런데!

하나, 둘, 셋...

다 꺼내 놓으니 8마리뿐이었다. 분명 어제 잡은 건 9마리였는데 한
마리가 어떻게 된 걸까. 숨구멍은 열어놓았지만 꼭꼭 묶어놓았으므로
중간에 어디로 빠져나갈 수는 없었을 텐데. 정말 이상했다.

“혹시 오다가 트럭에서 탈출했나?”

홍반장이 기껏 내놓은 의견이었다.

“그게 말이 됩니꺼. 그랬으면 우리가 몰랐을 리가 없지요.”

오대인의 말이 맞았다. 그리고 어딘가 구멍이 있어 탈출한 거라면 몇 마리 더 나왔지 그 한 마리만 없을 수는 없었다.

“어떻게 하실 거예요? 총 8마리 맞지요?”

“네. 일단 8마리만 쳐주세요.”

돌아다니면서 혹시나 해서 닭도 찾아보고 이것저것 장을 보고 군것질거리를 사먹기도 했다. 나로 말하면 장이 맘에 쏙 들었다. 활기 있고 사는 맛이 나는 것 같았다. 시골에 오길 잘 했다는 생각이 새삼 들었다. 서울 집에 있었으면 혼자 안 좋은 생각이나 할 뻔했는데.

무사히 닭 8마리를 팔고 마을에 돌아오자마자 우린 닭장부터 가보았다. 거긴 수탉 1마리와 암탉 9마리가 어젯밤 그대로 평화롭게 지내고 있었다. 돌아다니는 닭 한 마리를 봤다는 제보자는 나서지 않았다. 한 마리의 행방은 결국 미스터리로 남을 것인가.

"근데요, 정말 여기서 달걀이 나오긴 나오는 거죠?"

"그동안 닭들이 스트레스 받아서 알을 안 낳았는데, 이젠 낳을 거야.
며칠 기다려 보면."

오! 정말? 아싸 근데 달걀은 어떻게 낳는 거야. 그거 보러 며칠이나
더 있어야 되는 건가. 홍반장 말대로 될까. 닭들하고 별로 안 친한 거
같던데.

도시녀 J양에겐 하나부터 열까지 신기한 것투성이었다.

날아라~ 삼십육鷄

오늘은 마을에 중요한 일정이 두 개나 있었다. 그 중 하나는 울력이었다.

마을을 유지하려다 보면 여럿이 힘을 합해서 해야 할 일들이 많이 있다. 그걸 모아놨다가 날을 정해 함께 한다. 마침 오늘이 바로 그날이었다. 그런데 우리 세 명은 장으로 나가는 바람에 점심때가 다 되어서야 합류하게 되었다.

오늘의 종목은 감자 캐기였다. 우리는 사람들이 모여 있는 위쪽 밭으로 올라갔다. 9시에 시작했으니 벌써 거의 다 해버렸을 거라며 오대인은 초조해 했다.

늦으면 그만 아닌가? 우리가 다른 일로 나온 것도 아니고. 이 더위에 왜 일을 더 하지 못해 야단인가 했는데, 알고 보니 그 감자는 그가 직접 씨를 뿌리고 키운 것이었다. 애착을 가지고 처음부터 끝까지 돌보았던

126

첫 작품이란다. 자식 같은 감자를 누구보다 먼저 만나보고 싶은 마음이 느껴졌다.

우리는 장에서 사온 새참거리들을 펼쳐놓았고 열렬한 환대를 받았다. 다들 일을 중지하고 모여들었다. 그늘에 둘러앉아 음료수도 마시고 떡볶이와 순대도 먹었는데 가장 환영받은 메뉴는 동동주였다. 역시 농사일엔 막걸리가 제격이었다.

숨 쉬는 사람들은 새벽 명상 시간부터 만나서 하루 세 끼를 같이 먹고, 그 외에도 수시로 회의니 공부니 같이 하는데, 만나기만 하면 그렇게 할 말이 많았다. 마치 초등학교에서 선생님이 자리를 비우시면 교실이 떠나갈 듯 시끌시끌한 것 같았다.

우리 장터 3인방도 무용담을 털어놓기 시작했다. 아무래도 그런 일엔 홍반장이었다. 살짝 불려 재밌게 얘기하기로는 누구도 못 따른다. 그러므로 50%만 믿으면 족했다. 그는 악의 없는 사랑스런 허풍덩어리였다. 사람들은 그러려니 한다. 경찰서 가자고 하면 안 된다.

그런데 이거 하나는 지켜야 한다. 그에게 입을 열게 하라. 그리고 곧 닫게 하라. 하루 만에 뼛속 깊이 알게 된 사실이었다.

말을 시작하면 꼭 무성영화 시대의 변사같이 재미도 있지만 또 길기도 했다. 누군가 적당할 때 끊어주어야 했다. 아니면 재미있게 듣던 사람들을 종내 안티로 만들어버리니까. 아무래도 이 역할도 내가 해야 할 듯 했다.

"귀신도 곡할 노릇이지. 어제 잡아서 분명히 자루에 튼튼하게 넣었는데 왜 장에 가니까 한 마리가 없는 거야."

"닭장으로 도로 들어간 것 아니에요?"

"우리도 그 생각을 안 했겠어? 여기 올라오기 전에 닭장부터 들렀는데 거기도 없더라고. 수탉 한 마리에 암탉 아홉 마리, 맞지?"

마을 사람들도 저마다 이상하다는 반응이었다. 그래도 어디에 있기는 있겠지. 설마 닭이 버뮤다로 떠났겠어.

그때였다.
숙빈이 외마디 소리를 질렀다.

"저기 좀 봐요!"

아닛! 저 도도한 자태는! 꼿꼿하니 세운 목과 기세당당한 등줄기는 어젯밤 난동을 피우던 수탉 중 하나가 분명했다. 다들 막걸리 사발을 던지고 달려가 보았지만 허사였다. 이 닭의 이름은 삼십육계! 하긴 어제 그 좁은 닭장 안에서도 잡기 어려웠는데 이 허허벌판에서 잡힐 리 없었다.

닭 한 마리와 인간 십여 명의 추격전은 인간의 참패로 끝났다. 야생 상태에서 도구도 없는 인간은 참으로 무력했다.

땀을 뻘뻘 흘리며 이리 쫓고 저리 쫓아 보았지만 몇 미터 차이는 좁혀질 줄을 몰랐고, 밥 먹을 시간까지 힘만 뺐다. 녀석은 그 와중에도 카메라를 들이대니 붉은 벼슬을 뽐내며 포즈를 취해주기까지 하는 여유를 보였다.

그 닭은 그 후로도 계속 인근 밭을 돌아다니며 식사를 하고 어딘가에서 잘 지내고 있다고 한다. 세상에 길고양이는 많이 봤지만 길닭은 처음이었다.

우린 그냥 두기로 했다. 그 닭이 어느 닭인가. 치열한 생사의 갈림길에서 스스로 살아 나온 불세출의 닭이다.

이 문제로 마을회의까지 했지만, 그렇게 생명력이 뛰어나고 살고자 하는 의지가 강한 닭이니 '참으로 가상하도다, 살려주자' 뭐 이렇게 결론이 났다고 한다. 어차피 잡을 수도 없으니 어쩔 것인가. 정황상 몹시 의심이 되긴 한다만.

삼십육계 닭아! 계속 잡히지 말고 자유롭게 날아다니렴.

사람이 꽃보다 아름다운 건

스머프 하우스에서 어린 왕자와 커피를

숨 쉬는 마을 입구에서 게스트하우스로 가기 전에 아담한 건물이 하나 있다. 동그란 지붕이 꼭 스머프 하우스 같다. 백작이 집짓기를 배우면서 시험 삼아 지어본 건물이라고 했다.

점심을 먹고 잠시 쉬다가 그곳을 한번 가보려고 나섰다.

출입문엔 작은 간판이 하나 붙어 있는데 근시가 아닌데도 가까이 들여다봐야 읽을 수 있다.

'숨 쉬는 마을 생태공동체 연구소'

나무에 흰 칠을 하고 수채물감으로 소심하게 쓴 것이다.

실은 마을에 들어오자마자 이 집이 눈에 띄었었다. 동그란 문, 동그란 창문의 동그란 외관은 보고만 있어도 '랄랄라랄랄라~' 스머프 노래가 들려오는 것 같고 안에서는 바리스타 스머프가 빵을 굽고 커피를 볶고 있을 것 같았다. 누구라도 순간 어린 시절로 돌아가게 하는 집이라고 할까.

그런데 그림 같은 집 경관을 해치는 조형물이 옆에 있었으니 바로 커다란 회벽이었다. 무언가 뜯어낸 것 같은 흔적이 지저분하게 남아있었다. 마을에 들어오면서 정면으로 마주치는 곳인데 아주 보기에 안 좋았다.

'마을 입구를 왜 이렇게 방치해 놓지?' 하는 생각을 할 수밖에 없었다. 예술가도 있고 건축 전문가도 있다면서 말이다.

다시 보니 혀를 차지 않을 수 없었다. 내가 시간이 있다면 저거부터 어떻게 손을 좀 보리라, 하는 생각이 절로 들었다. 물론 그럴 시간이 있을 리는 없지만 말이다. 여기 머물 생각은 절대 아니므로… 나는 어서 서울로 가서 보란 듯이 재기해야 되니까…

스머프 하우스 – 생태공동체 연구소의 문은 어쩐 일인지 활짝 열려 있었다. 혹시나 하는 마음에 들여다보니 역시나, 안에는 바리스타 스머프 코스프레 중인 어린 왕자 준호가 앉아 있었다.

“연구소장님 맞긴 한가봐?”

“어서 와. 커피 한 잔 해.”

“오, 여기서도 바리스타 하는 거야?”

“이젠 네가 왔으니 한 짐 덜었지.”

이게 무슨 떠밀기 작전인가.

“내가 어떻게? 나는 곧 갈 건데.”

“갈 때 가더라도 말이야. 여기서 커피도 마시고 글도 쓰고 하면 좋겠
네.”

“뭐어? 내가 왜!”

“너 커피 좋아하잖아. 유기농 커피 무한 제공이다, 너. 잘 생각해.”

하면서 다른 말 안 나오게 얼른 커피 한 잔을 내려 앞에 대령하는데
커피향이 서울에서 갔던 아름다운 커피가게 못지않다.

"와 정말 전문가 맞네. 언제 이렇게 잘 하게 됐어."

"여기 있으면 웬만한 건 다 할 줄 알게 돼. 일당백으로 살아야 하니까 말이야."

"숙빈마마는 그렇게 생각 안 하는 것 같던데…"

"한 사람이 다 잘 할 필요는 없잖아? 못하는 건 도움을 받고 잘하는 건 도움을 주고 그렇게 사느라 공동체에 있는 거지. 안 그래?"

"그건 그러네."

'나주희! 팔랑팔랑 귀야 제발 솔깃하지 말자. 나 자꾸만 설득되는 것 같은데 어떡하지.'

밖에서는 작아 보였지만 안에서 보니 좁은 공간이 아니었다. 한쪽에 커피 내리는 기계와 각종 커피잔과 예쁜 그릇들이 전시되어 있었다. 크고 작은 테이블과 다양한 의자들이 대충 놓여 있는데 소박하지만 감각이 있어 보였다.

어디서 다 모았는지 북유럽 느낌 나는 소품과 인테리어가 내 맘에 쏙 들었다. 취향 저격! 난 몰라. 그냥 이 공간이 가지고 싶어지는 것을…

잔잔하게 깔린 피아노 선율을 감상하며 커피 맛을 음미한다. 이 시골에 이런 산뜻한 공간이라니! 부풀어 오르는 소유욕을 꾹꾹 누르는데 한순간 방언이 터졌다.

“내가 여기 오면 연구소는 어디서 하려고?”

“연구소가 무슨 건물이 필요해. 그냥 이름만 걸어놓은 거지.”

“그럼 하는 일은 없는 거야?”

“너도 봐서 알지만 이 마을에 사는 것만으로도 연구 활동이고 실천이야. 하루하루 그냥 생활하는 것만도 한가하지 않다고. 명함은 그냥 직함이 필요해서 하나 박아놓은 거고. 기자들도 오고 하는데 뭐라도 있어야 하잖아.”

커피와 음악과 함께 그곳에 머문 시간은 즐거웠다. 그런데 내가 있는 동안 카페에 오는 사람이 없었다.

“여기 손님이 오긴 오는 거야?”

“가끔 마을 사람들이 오다가다 들르는 게 다지.”

“그럼 장사는 하나도 안 되겠네?”

“아직까지는... 그러니까 네가 한번 해보라는 거 아냐.”

“돈도 벌면 안 되나...”

“그래. 할 수 있으면 해 봐. 난 아무래도 잘 안 되더라고.”

“누가 어린 왕자 아니랄까봐. 하여간 경제관념이라곤 하나도 없어. 커피콩은 땅 파면 나오나 뭐?”

“그건 걱정 마. 보내주는 데가 있어.“

“뭐?”

그는 그런 사람이었다. 법 없이도 살 사람이고, 돈 없이도 안 굶어죽을 사람이었다. 전부터 이상하게도 사람들은 그를 돕지 못해 안달이었다. 쳇, 왕자라서 그런가... 지구에도 지분이 꽤 많은 왕자였다.

"그런데 말야. 저 밖에 있는 회벽은 뭐야? 예쁜 그림이라도 좀 그려 놓지 그랬어. 보기 안 좋던데."

준호는 고개를 끄덕였다.

"맞아. 거기 원래 마을의 랜드마크 같은 그림이 붙어 있었어. 우리 마을학교 아이들하고 주민들이 함께 그린 건데 코스모스하고 해바라기 같은 꽃이 만발한 그림이었지. 포토 존도 되고 참 예뻤는데…"

"근데 어떻게 된 거야?"

"지난번에 비 많이 오고 강풍 불던 날 그만 다 떨어져 버렸어. 그러고 나서 저렇게 험하게 남아 있는 거야."

"누가 다치진 않았고?"

"응. 다행히 밤에 그랬거든. 곧 다시 뭔가 해야 하는데 아직 결정을 못 했어. 너도 봐서 알다시피 마을이 꽤 바쁘거든."

"그런 것 같네. 다들 여유롭게 살려고 여기 온 거 아니야? 왜 이렇게 바쁘게들 살아."

“바쁘지만 좋아서 하는 일이기에 다들 마음에 여유가 있어. 그거 모르겠니?”

하기 싫은 일을 할 때는 빨리 해치우려고 마음이 조급한데, 이 마을 사람들은 하고 싶은 일을 하니까 마음에 여유가 있다고 했다. 자발적이고 즐거운, 이상한 바쁨이었다.

“마을 회의도 자주 하지만 불평이 없지. 신나서들 오는 거야. 서로 얼굴 보고 싶고 궁금해서.”

“으휴. 하루 종일 붙어 있으면서도 그렇게 서로 궁금할까.”

“신기하지? 한번 지내 봐.”

그러다 말려들면 어쩌라고. 별 걱정이 시작되었다. 다른 걱정거리들에 비하면, 즐거운 걱정이었다. 이상한 걱정이었다.

육식을 즐기지 않는다고?

그날 저녁 메뉴는 토종닭 백숙이었다. 백숙이 우리들의 밥상 위에 오게 된 파란만장한 사연은 짐작하시리라. 그런데 생태공동체 마을도 육식을 할까?

왠지 철저한 채식주의일 것 같지만 실은 그렇지는 않았다.

숨 쉬는 마을에는 자율 규약이 있는데 낙생에 액자로 걸려 있다. 그 중 식생활에 대한 것으로 다음과 같은 것들이 있다.

음식을 먹을 때마다 감사하는 마음을 갖습니다.
육식을 즐기지 않습니다.

둘 다 꼭 무엇을 먹고 안 먹고의 문제가 아니라, 음식을 대하는 마음 가짐의 문제인 것 같았다.

그나저나 이 순간 왜 둘을 바꾼 버전이 생각나는지! 말하자면, 육식을 먹을 때마다 감사한 마음을 갖습니다... 혼자 키득거리다가, 깜짝 놀랐다. 나 이렇게 웃어본 게 참 오랜만인 거 같아. 무얼 위해 그리 인상을 쓰고 이를 악물고 지내왔는지...

식사하기 전에 잠시 감사한 마음을 갖는 것은 참 좋은 습관인 것 같았다. 낙생 벽의 칠판에는 이러한 취지가 잘 적혀있다.

음식이 밥상에 오르기까지 보이지 않게 수고한 존재– 땅, 물, 햇빛, 바람, 공기, 곡식 등은 모두 자연이 값없이 보내주는 것이니 그들에게 이렇게 먹을 때마다 감사함을 표하는 것입니다.

육식에 대해서는 나도 놀랐다. 생태마을이면 당연히 채식을 해야 하는 것 아닌가? 하고 말이다. 심지어 키우던 닭을 백숙으로 만들어 먹는 걸 보고 깜짝 놀랐다. 그런데 원래 우리 선조들은 동물을 그렇게 키워왔던 것이었다.

어떤 분들은 의문을 제기할 것이다. '고기는 먹지만 육식을 즐기지는 않는다'라니, '술은 먹었지만 음주운전은 하지 않았다'하고 뭐가 다르냐고. 이거 꼼수 아냐?

먹는 문제에 있어서는 숨 쉬는 마을은 퍽 자유로운 편이다. 기본적으로는 채식을 지향하여 콩 제품이나 해조류를 즐겨 먹는다. 해산물은 자주 나오는 편이고 아주 가끔 바비큐 파티도 하며 기회가 되면 이렇게 백숙을 해먹기도 한다.

원래는 철저하게 채식을 하려 했으나 시간이 지나면서 구성원들의 다양한 체질과 입맛을 반영하여 지금의 상태에 이르게 되었다고 한다.

육식은 어쩌다 하게 되면 아래와 같은 점을 염두에 두고 선택한다.

현재 지구에는 식량부족으로 고통 받는 사람이 많은데 실은 곡물이 부족한 건 아니라고 한다. 사람들이 육식을 너무 많이 하기에 엄청난 양의 곡물이 동물 사료로 사용되고 있는 것이 문제라는 것이다.

또한 그 많은 육식을 충당하기 위해 해당 동물들이 너무나 고통스러운 삶을 살고 있다. 최근 유행한 고병원성 조류인플루엔자나 구제역만 해도 공장식 축산의 밀집사육과 비위생적 환경이 원인으로 꼽히고 있다.

닭들이 평생 A4 용지도 안 되는, 몸을 돌리기도 어려운 좁은 공간에서 알을 낳고 산다고 하니 얼마나 고통스러울까. 인플루엔자를 비롯한

각종 질병, 정신병 등에 안 걸리는 게 이상할 지경이다. 그리고 이건 비단 닭만의 문제는 아니라고 한다. 후덜.

숨 쉬는 마을에서는 어쩌다 육식을 하더라도 정상적으로 키우고 유통된 제품을 구입하고 있다.

그날 이후 낙생에는 토종닭 백숙이 한두 번 더 올라왔다. 때마침 마을을 방문한 모 셰프가 우연히 맛을 보고는 이렇게 맛있는 닭이 어디서 났냐며 감탄을 했다고 한다. 하긴 그 닭이 어떤 닭인데…

4시간의 기적

"7시부터니까 늦지 말고 와."

저녁을 먹고 일어나는데 준호가 당부했다.
오늘 예정되어 있던 중요한 일 하나는 마을회의였다.

"또 모여?"

"긴급하게 의논할 일이 있어서 임시 마을회의를 하게 됐어."

"아니 4-4-4 시스템으로 생활한다고 하더니 회의가 왜 이렇게 많
아? 회의는 어디에 들어가는 거야?"

"글쎄, 무얼까? 네가 한번 찾아내 봐."

4-4-4 시스템은 이 마을 생활의 중심이다. 마을 사람들은 어떻게

보면 이걸 위해 도시를 떠나 왔다고 할 수도 있을 것 같다. 나도 처음에 준호가 이 마을에 대해 소개할 때 이 부분이 제일 궁금했었다.

"뭐? 하루에 4시간만 일하고 산다고? 무슨 파트타임 인생이야?"

놀랍고도 솔깃했다. 나 역시 그동안 너무 피곤하게 살았기에.

"일을 4시간만 해도 충분하다는 생각 안 해봤어? 사실 출근해도 8시간 내내 일하는 건 아니잖아. 괜히 시간 채우려고 커피도 마시고 놀기도 하지. 집중해서 하면 4시간도 남을 걸."

"그럼 일 안 하고 나머지 시간은 뭐하는데?

"4시간씩 나눠서 일 외에 하고 싶은 걸 하는 거지. 우리끼린 4-4-4 시스템이라 불러."

"왜 하필 4시간이야?"

"균형 있는 삶을 위해서라고 할까. 하루 중 자고 먹는 시간 빼고 뭔가 할 수 있는 시간을 12시간 정도라고 치는 거야. 그 중 4시간은 자기 일을 해. 또 4시간은 일이 아닌 취미로 하는 일을 하고."

"그게 뭐 다른가?"

"일이 다르지. 예를 들어 너라면 4시간은 출판사 일을 하고 4시간은 읽고 싶은 책을 읽거나 악기를 연주하거나 무언가를 배우거나 할 수 있는 거야."

준호는 열심히 설명했지만 난 다소 시니컬하게 되물었다.

"그거 괜찮네. 물론 4시간만 일하고도 적자가 나지 않을 수 있다면 말이야. 그리고 나머지 4시간은 뭐하는데?"

"이 4시간이 가장 중요해. 자신의 진화를 위한 시간이랄까. 명상이나 공부를 하는 거지."

정말 그렇게 살고 있다고? 그거 참 신통방통한 시스템일세!

"우리가 태어난 게 일하려고 태어난 것도 아니잖아. 그런데 현실은 어때? 하루에 적어도 8시간, 야근이며 출퇴근이며 다 합하면 하루의 절반을 회사에서 보내잖아? 자영업은 더하고."

"그건 그러네."

사는 게 다 그렇지 뭐, 별 수 있나. 그러다가 아침도 못 먹고 지하철로 뛰어들던 출근길과 숨 쉴 틈도 없던 하루, 월급은 스칠 뿐이던 빈 통장 등이 주마등처럼 스쳐갔다. 아, 정말 다들 그렇게 살아서 무슨 영화를 보려고 그러나...

7시가 가까워오자 사람들이 하나둘 집에서 나와 마을회관으로 향한다. 게스트하우스 주변을 산책하고 있던 나는 그 뒤를 따라 걸었다.

마을의 랜드마크인 그림이 날아갔다는 얘기가 이상하게도 다시 생각난다. 아까 낮생에선 명랑해 보이던 사람들의 뒷모습이 어쩐지 스산하게 느껴진다. 오늘 정말 무슨 회의인 거야?

마을에 온 지 2박3일도 안 되어 난 이상하게 마을 걱정을 하고 있었다.

"느낌으로는 하루가 온통 모임인 것 같은데. 저녁에 따로 모이면 뭐가 달라?"

"들어와 보면 알아. 원래 주민들만 참석하는 건데 주희는 다들 원래 주민 같다고 해서 특별히 기회를 주는 거야."

회관 앞에서 만난 홍반장이 무슨 큰 혜택이나 주는 것처럼 거들먹거리다. 그와는 그새 말을 거의 트게 됐다. 자연스럽게 그렇게 되었다. 그리고 다시 존댓말로 돌아가기란 엄청 어색한 것이었다.

"그래요? 아이고 고마워라."

지나가는 말처럼 얘기했지만, 알고 보니 그날 회의에는 꽤 묵직한 안건이 여럿 있었다. 준호가 내게 마을에 대해 책을 써보라고 한 것과도 관련이 있는 일이었다. 그래서 참석하라고 하는 거면서 생색은…

회관에 들어서니 벽에 붙어 있는 마을규약 가운데 부분이 눈에 확 들어온다.

하루에 4시간은 공부나 명상 등 나의 발전을 위한 일을 하고
4시간은 정말 하고 싶은 나의 일을 집중해서 하며,
또 4시간은 나와 남을 기쁘게 하기 위한 취미활동을 합니다.

아무리 중한 일이라도 4시간이면 충분하다고 보며
재미있고 좋아하는 일이라도 지나치게 탐닉하지 않도록 하는 것입니다.

나, 정말 그렇게 살 수 있을까?

나, 정말 그렇게 살 수 있을까?

맑게 밝게 따뜻하게

넓은 마을회관에는 마을 사람들이 거의 다 와 있었다. 앞쪽 가운데에 준호가 앉아 있고 낯익은 얼굴들이 동그랗게 앉기 시작하고 있었다. 홍 반장이 손짓을 하는 걸 보고 옆으로 갔다.

둘러앉은 원 가운데에 동그란 천을 펼쳐놓고 꽃으로 장식해놓은 것이 눈에 띈다. 가운데는 초를 밝혔는데 향초인지 은은한 향기가 좋았다. 둘러앉은 사람들의 얼굴도 발그레 예뻐 보였다. 꽃과 향이 따뜻하면서도 신비로운 분위기를 만들어주고 있었다.

카페에도 꽃 장식을 좀 해볼까. 아니 내가 지금 무슨 생각을 하는 거야.

그때 준호가 일어섰다.

"지금부터 숨 쉬는 마을의 회의를 시작하겠습니다."

수군수군하던 사람들이 조용해지면서 앞을 향한다.

"먼저 호흡문을 함께 하겠습니다."

…

호흡을 통해
맑고자 합니다.
밝고자 합니다.
따뜻하고자 합니다…

호흡을 통해
자신을 위하고
이웃을 위하고
세상을 위하고
자연을 위하고
만물을 위하고
하늘을 위하여
그들과 하나 되고자 합니다…

새벽 명상도 그렇고 마을회의도 그렇고 다함께 호흡문을 외우는 것

으로 시작한다.

호흡문은 호흡에 대한 시 같은 것인데 이 마을의 모태라고 할 수 있는 '도심 속 명상학교'에서 가져온 것이다. 가만히 읽어보면 내 마음속 시냇물 소리를 들을 수 있다.

숨 쉬는 마을 사람들은 도심 속 명상학교에서 함께 명상을 하다가 여기까지 오게 되었다고 했다. 맑은 곳에서 함께 생태적인 삶을 살고 싶은 마음들은 자연스레 생태공동체로 모이게 되었다. 그러니 엄밀히 말하자면 [명상+생태=숨 쉬는 마을]이라고 할 수 있을 것이다.

이어서 회의는 지금까지 정한 공동체 규약을 돌아가면서 읽는 것으로 이어졌다.

숨 쉬는 마을에서는,
맑은 표정으로 밝게 웃으며 따뜻한 인사를 건넵니다.
자신은 귀한 존재이며 우주의 일부로 존재함을 인식합니다.
거짓을 말하지 않습니다.
자신이 진정 하고 싶은 일을 알며 그 일을 합니다.
걷기를 생활화하며 걸을 때는 생각하지 않습니다.
작은 집에 살며 가전제품의 사용을 줄입니다.

20여 가지의 항목이 쭉 이어진다.

하나하나 직접 생활해가며 만들어온 것이기에 실제 생활에서 실천할 수 있는 내용으로 이루어져 있었다.

이곳이 어떤 곳인지, 어떤 사람들이 살고 있는지, 어떻게 살며 무엇을 하려고 하는지... 하는 것들이 밝혀져 있다. 그리고 살아가면서 계속 보완해가고 있다고 한다. 일상적인 것들이지만 실천하면서 살기란 쉽지만은 않을 것 같았다.

이런 규약을 만들고 지켜나가는 숨 쉬는 마을 주민들이 무척 대단해 보였다. 나도 모르게 고개를 끄덕끄덕 하고 있으려니 옆에서 홍반장이 왜, 하는 표정으로 쳐다본다. 내가 너무 적극적으로 감동하는 표정을 보였나?

호박씨 마을회의

준호가 일어나 얘기를 시작했다.

"다들 들으셔서 아시겠지만 어제 석대가 마을을 떠났습니다. 마을이 생기기 전부터 오랫동안 뜻을 세우고 공부하면서 같이 시작한 원년 멤버인데 이렇게 되었네요."

"마을 일이라면 티 나게 열심이던 사람이 갑자기 나간 이유가 뭔가요."

"저도 진짜 놀랐는데요. 갑자기 그렇게 된 건가요?"

하나둘 질문이 이어지자 마을의 최고 연장자인 노신사 뽀빠이가 나섰다.

"갑자기는 아닌 것 같아요. 제가 어제 물어보니까, 집안 문제가 있는

것 같습니다.”

“집에 무슨 일이라도 있나요?”

“그게 아니고, 젊은 사람이 취직도 안 하고 이렇게 시골에 틀어박혀 있으니 계속 나오라고 하는 모양이에요.”

홍반장이 끼어들었다.

“어머니께서 아예 앓아누우셨다지요.”

마을 사람들이 술렁거린다.

“하긴 최고 명문대를 나와 저러고 있으니 이해가 안 되는 건 아니지.”

“저러고 있다니, 우리가 어때서.”

“그렇게 따지면 이소장은 더하지.”

“저이는 벌써 집에서 내놨지. 딱 봐.”

"그래도 둘이 같이 들어왔는데 혼자 나가면 쓰나."

듣다 못한 준호가 다시 일어서 중심을 잡는다.

"특정 개인에 대한 카더라 식 방송은 지양해주세요."

사람들은 아랑곳 않고 얘기를 이어간다.

"하긴 우리가 행복하긴 한데, 솔직히 경제적으로 다들 어렵잖아요."

"어려운 건 아니죠. 서울에서 벌던 것의 10분의 일만 벌어도 여기서 사는 데는 충분하잖아요. 그러면 됐지, 이제 와서 무슨 큰돈을 벌겠다고."

"밥만 먹고 사나요? 애들은 어떻게 키우고."

"남들 하는 대로 다 하려면 이런 생태공동체에 올 이유가 없지. 우리의 정체성은 흔들려서는 안 됩니다."

얘기가 그치지 않자 준호가 다시 일어서서 동그란 펜던트 하나를 손에 들고 사람들에게 주면서 말했다.

"자, 이렇게 서로 말씀이 많으시니 이야기가 진전이 안 됩니다. 전에
하던 대로 원탁회의식으로 진행할게요. 지금부터는 발언을 하고 싶은
사람은 이 목걸이를 손에 들고 말을 합니다. 나머지 분들은 다른 분의
말씀을 경청해주시고요."

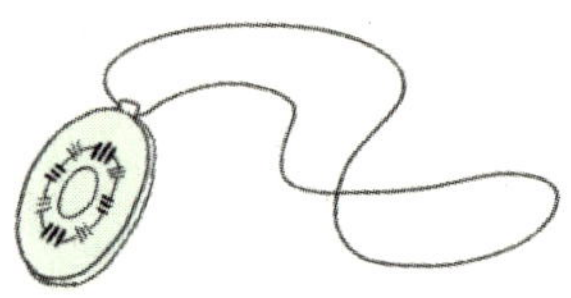

뽀빠이 어르신이 먼저 펜던트를 받았다.

"저 같은 경우는 사회에서는 은퇴를 한 입장이라고 할 수 있는데요.
젊은 사람들이 이렇게 시골에 와서 공동체를 하면서 새로운 길을 개척
해 보겠다고 애쓰고 있는데 무얼 어떻게 도움이 돼야 하나 늘 그 생각이
에요."

잠시 말을 멈추고 주위를 둘러보더니 차분히 이어간다.

"저는 나이도 먹을 만큼 먹었고 연금도 받고 있어요. 하지만 젊은 사

람들은 아무래도 경제활동을 해야 하는데 이렇게 마을에서 생활을 하면서도 자립할 수 있는 방법을 생각해야 할 것 같아요. 앞날이 불확실해 보이니까 집에서 인정도 못 받고 이번에 석대 팀장 같은 일이 생긴 게 아닌가 합니다."

오대인이 펜던트를 이어받았다.

"저는 그렇게 생각하지 않아요. 아시다시피 저도 공기업이라는 안정된 직장을 그만두고 이곳에 왔을 때는 그만한 각오도 있었고 이 길에 대한 신념이 있었어요. 앞으로 세상은 이제까지와 같이 자본주의 논리로 살 수만은 없다는 것도 함께 공부하면서 알게 되었고요.

우리가 만든 마을 규약들이 다 그런 마음으로 생활하면서 나온 것들이잖아요. 지금 다시 사회로 돌아가 기존에 살던 대로 돌아간다고 뭐가 달라질까요? 개인적으로 당장 돈이야 더 벌 수 있겠지만, 그게 우리가 원하는 삶일까요?"

숙빈이 펜던트를 받아 한 마디 했다.

"마을에 살면서도 돈을 많이 벌 수는 없을까요? 사실 여자들도 이렇게 시골에 살면서 쭉 마음을 이어가기란 쉽지 않아요. 옷도 좀 사고 싶고 머리도 해야 하고 편리한 가전제품들도 사용하고 싶고."

오대인이 다급하게 다시 펜던트를 받으려 하니 준호가 제지했다.

"아시죠? 한번 말씀하신 분은 전체적으로 한 바퀴 돌아간 후에 다시 발언할 수 있어요."

"제가 얘기하죠."

백작이 펜던트를 받더니 일어섰다.

"우리들이 자신을 바꾸고 세상을 변화시켜 보겠다고 이렇게 모였는 데요. 호흡문에도 나와 있죠. 자신을 위하고 이웃을 위하고 세상을 위하고… 그들과 하나 되는 삶을 살겠다고. 그런데 어떻게 이렇게 생각들이 팔랑팔랑 변하나요.
　지금 기상이변도 심해지고 사회적인 위기감도 점점 심해지고 있어요. 생태공동체만이 답이라고 결론 내리고 시작한 곳입니다. 저는 거기에 추호도 흔들리지 않습니다."

이번에는 넘버투 노신사인 산타가 펜던트를 잡았다.

"저는 또 다른 생각이 하나 들어요. 사실 그동안 석대 팀장이 지나치게 까다롭게 하다 보니 좀 지친 것도 있지 않나 싶어요."

숙빈이 불쑥 나섰다.

“맞아요. 그때 1회용 포장용기 내놨다고 얼마나 뭐라고 하던지. 애들 먹이느라 어쩌다 한번 사온 걸 가지고. 지금 생각해도 열 받네.”

준호가 말리기도 전에 속사포같이 쏟아놓고는, 아차 하는 표정이다. 이어서 연수가 산타에게서 팬턴트를 받았다.

“맞아요. 저도 자취하는 형이 물려준 손바닥만 한 냉장고 가지고 왔다고 얼마나 혼이 났게요.”

오대인이 조심스레 숟가락을 엎었다.

“게스트하우스에 손님이 왔는데 예약 안 하고 왔다고 기어이 돌려보냈잖아요. 아니 텅텅 비었는데 그냥 좀 재워주면 안 되냐고요.”

“진짜요? 그래서 그냥 돌려보냈어요?”

내 질문에 오대인이 고개를 저었다.

“왜요? 여기 어른들이 설득해서 재워 보냈죠. 자전거 여행하는 학생

이었는데 그냥 보냈으면 얼마나 힘들었겠어요.”

산타가 끄덕였다.

“마을 규약은 당연히 지켜야 하지만 사람이 하는 일이니 융통성 있게 할 필요가 있어요. 우리가 로봇도 아니고 너무 철저하게만 하면 숨이 막히죠. 마음에서 우러나서 해야지 억지로 시키면 하는 사람도 시키는 사람도 힘들지요.
그러다보니 혹시 석대 팀장 본인도 지친 게 아닌가 이 말이에요. 그 자존심 강한 사람이 우리한테 솔직히 말할 수도 없고, 그냥 나가버린 거죠. 집안 핑계 대고 하지만 사실은 말이에요.”

듣다보니 자세한 상황은 모르지만 그럴 수 있다는 생각이 들었다. 뭐든 적당히 해야 하는 법이다. 극은 극으로 통한다고 너무 철저하게 제한하면 어느 날 갑자기 둑이 터지듯 무너질 수 있다.

무언가 생각에 잠겨 있는 듯하던 준호가 고개를 끄덕이더니 회의를 이어갔다.

“자, 석대 얘기 말고도 무슨 얘기든지 허심탄회하게 계속 해주세요. 오늘은 형식을 떠나서 그냥 편안하게 얘기하는 자리로 하죠. 그런데 펜던트는 어디에 있죠? 이리 주시고요."

원탁회의의 규칙은 쥐구멍으로 들어간 지 오래였다.

이제야 털어놓는 이야기

"솔직히 이렇게 생태적으로 사는 게 취지는 좋지만 많이 불편하잖아요. 편리하게 살고 싶은 생각도 가끔 들죠."

"저도 한 5년 되니까 자꾸만 압박을 받기도 하고, 사회에서 승승장구하는 친구들을 보면서 뒤처지는 느낌이 들기도 합니다."

"그럴수록 뜻을 함께 하는 사람들을 찾아봐야지요. 자꾸 밖을 보고 비교하면 점점 더 그런 생각에 사로잡히고 불행해진다고 생각합니다."

낙생에서 밥 먹을 때는 근심걱정 하나 없어 보이더니 이렇게나 할 말들이 많았다.

"솔직히 도시로 다시 가봐야 뭐가 있어요. 공해 속에서 뼈 빠지게 일해서 번 돈은 집 사고 애들 교육 시키는 데 다 들어가고 건강 잃고 마음 다치고… 그거 피해서 이렇게 온 거잖아요. 여기 오니 아이들도 스트레스 안 받고 너무 좋은데요.”

“우리 마을 학교도 만들었다가 인원이 안 돼서 결국 유지를 못 하고 있잖아요.”

“근처 시골학교도 좋아요. 요즘은 시골학교가 비싼 사립학교보다 좋으니 지금으로선 마을학교가 없어도 크게 불편하지는 않네요.”

‘학교가 문을 닫았구나…’

이렇게 생각하는데 옆에서 홍반장이 내게만 들리게 귀띔한다.

“마을 안에 ‘숨 쉬는 학교’라고 대안학교가 있었는데 작년 말에 고등부가 졸업하고 인원이 너무 적어서 문을 닫았거든.”

“그런데 석대라는 사람이 나간 게 이렇게 큰일이에요?”

난 소곤소곤 물었다.

“그럼. 준호 소장하고 석대 팀장은 이 공동체를 처음 만들 때 함께 한 사이야. 뭐 다른 사람들도 많이 있었지만 두 사람은 나이도 같고 남다

른 의욕으로 의기투합했지. 나도 그렇고 백작도 그렇고 여기 있는 사람들 대부분이 이렇게 선뜻 들어오게 된 건 두 사람에게서 어떤 희망을 보았기 때문이었어. 여기 다른 사람들도 마찬가지일 거고. 그런데 그 중 한 사람이 나가버리니까 다들 흔들리는 거야.”

그때 오대인이 손을 들었다.

“제가 좀 발언을 해도 될까요?”

그는 아예 일어서서 준호에게 와 펜던트를 받아갔다.

“우리가 이렇게 생태공동체를 하는 것이 어떤 의미가 있을까에 대해서 기본부터 다시 생각해봤으면 좋겠어요. 5년이면 할 만큼 해봤고 어떤 기로에 서있는 것 같아요. 지금 우리가 어떤 판단을 하느냐가 굉장히 중요한 시점이라는 생각이 들어요. 조금 불편하더라도 옳다고 생각하는 쪽으로 계속 발전을 시키느냐, 아니면 다시 자본의 논리에 따라 기존의 삶으로 돌아가느냐 하는 거죠.
　여기서 어떤 의견이든 존중되어야 하고요. 일방적으로 옳고 그른 것은 없을 거예요. 우리가 무엇을 이루는 것이 중요한 것이 아니라 이 과정에서 어떤 경험을 하고 성장을 하느냐가 중요하다고 봅니다. 이미 다들 그렇게 생각하시지 않을까 합니다만.”

준호가 말을 받았다.

"이렇게 같이 터놓고 이야기하는 것이 중요한 것 같습니다. 석대 팀장은 성격상 누구랑 의논하기보다 혼자서 생각만 하는 스타일이라 이렇게 갑작스러운 결정을 내리지 않았을까 하네요. 그나마 저한테는 터놓고 얘기하는 편인데 저도 최근에 서울에 볼일이 많았죠."

난 홍반장에게 또 묻지 않을 수 없었다.

"정말 왜 나간 거예요?"

"글쎄. 겉으로 봐서는 잘 알 수 없는 미묘한 일들이 있지. 생각해 봐. 생판 모르는 사람들이 모여서 삼시세끼 밥을 먹고 사는데 별일이 없겠어?"

"그래도 어울려서 잘 살고 있는 거잖아요."

"아마 그 사람은 책임감으로 버텼을 걸? 좀 유별난 사람이라서 말이야."

"그렇게 별난가요?"

"아이고 말도 마."

옆에 있던 백작이 갑자기 끼어든다.

"그 언제야 메르스 한창 유행했을 때 있었지. 석대 팀장이 마을을 폐
쇄하다시피 하고 락스를 집집마다 바르고 사람이며 물건 소독한다고
아주 난리도 아니었어. 마을에 환자도 없었는데 말이지."

갑자기 홍반장의 태평스런 얼굴에 살짝 분기가 올라왔다.

"환자가 없긴! 멀쩡한 사람을 환자를 만들었지."

"그랬나? 아, 맞다. 그때 홍반장이 메르스 걸려서 감금됐었지."

"백작 자넨 아무래도 치매 검사 좀 받아봐. 내 말 허투루 듣지 말고
꼭! 난 단순 감기몸살이었다고. 멀쩡한 사람을 안에 가두고 한 발작도
못 나가게 하고, 밥까지 집으로 날라주고. 어찌나 유난이었는지. 내가
그때만 생각하면 지금도 울화통이..."

홍반장은 부르르 떨었다.

"그러고 보니 그때 내가 밥을 날라다준 것 같은데."

"퍽이나 고맙수다."

"뎅—뎅—"

준호가 주의를 환기시키는 종을 쳤다.

"자, 호박씨 나들이 그만 해주시고요. 이제 회의를 마무리해야 합니
다."

붓을 들어 미래를 그리다

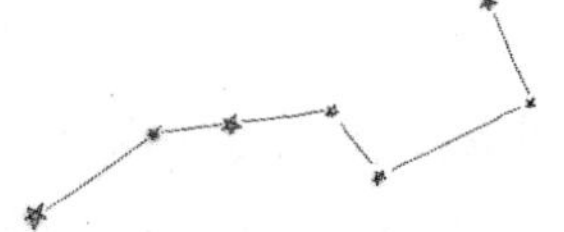

어쩌다 어쩌다 어쩌다, 고구마를

"저도 한 말씀 드리겠습니다."

준호가 새삼 펜던트를 들어보였다.

"우리가 이렇게 공동체를 꾸린 지 5년이 되었지 않습니까? 자동차로 따지면 전체적으로 정비도 하고 부품도 몇 개 갈고 해야 할 시점이란 말이에요.

"그건 그렇지."

여기저기서 맞장구를 쳤다.

"처음 들어올 때의 초심은 감자 밭에 묻어두고 고구마가 안 열린다고 불평만 하는 건 아닌가 이런 생각이 든다는 말씀입니다."

“무슨 말씀이시죠? 고구마 농사가 안 되고 있나요?”

뽀빠이가 뽀빠이 같은 질문을 했다.

“고구마가 지천으로 널려 주워 먹기만 하면 되는데요.”

과연 퀄리티 있는 백작의 답변이었다.

“그런 얘기가 아니잖아요. 제발 좀!”

결국 숙빈이 퉁박을 줬다.

“그러니 우리가 고구마를 다시 심어야 한다는 말인가요?”

이건 또 누구야. 말도 안 되는 회의다. 개콘도 아니고 코미디 빅리그를 보는 것 같다.

준호의 그윽한 목소리가 이어졌다.

“그렇죠. 그냥 해오던 것들에 새로이 의미를 심어보자고요. 마을 상징물이 떨어진 것도 어쩌면 새로 할 때가 되어서인지도 모르죠.

5년 전하고는 세상도 많이 변했고, 우리도 더 공부해야 되는 시점이
된 것 같기도 합니다."

생태공동체 연구소장다운 발언이었다. 물론 1인연구소라 명함에만
존재하지만. 허구한 날 비몽사몽 명상만 하는 것처럼 보여도 제일 고민
도 많이 했을 것이었다.

"그러니까 뭘 어떻게 하자는 겁니까?"

성질 급한 백작이었다. 홍반장이 서둘러 백작을 가라앉혔다.

"사람도 참. 기다려보시게."

그때였다.

"제가 한 말씀 드려도 될는지요?"

왠지, 내 목소리 같은데? 내가 왜 한손을 들고 있지?
말도 안 돼! 손이 제멋대로 올라간 거라고.

그러나 내면의 소리와 달리 뭔가를 얘기해야 하는 시점이었다. 모두

이야기를 멈추고 일제히 날 보고 있었다. 그런데 왠지 낙생에서 맛있는 것 먹을 때의 얼굴들이었다. 즉 신나 죽겠다는 표정이다.

"물론이죠. 말씀하세요."

누군가 내 손에 펜던트를 전달해 줬다. 괜찮은데...

"제가요, 생태공동체에 대해 잘 알지는 못하지만요. 지금까지 보고 들은 것에 의하면 이곳이 참 좋은 곳이라는 생각이 들어요. 좋은 사람들이 좋은 취지로 모여서 좋은 삶을 살고자 하는 곳이요.
그런데 지금 회의 하시는 걸 보니까요. 준호 소장님이 말씀하신 대로 벌써 5년째 되고 하다 보니 고구마를 5년째 묵힌 것처럼, 처음 시작할 때의 마음이 좀 무뎌지고 바람이 들었다고 할까, 그런 게 아닌가 하는 생각이 들어요.

"그런가, 고구마에 바람이 들었나."

"왜 자꾸 고구마 타령이야."

난 무시하고 끝까지 달렸다.

"건방지게 들릴지 모르지만 잘 모르니까 오히려 이렇게 말씀드릴 수 있는 거 같은데요. 지금 시점에서 한번 마을을 새로이 만든다고 생각하고 다시 그려보면 어떨까요?"

"어떻게요?"

흥미 가득한 눈의 숙빈이었다.

"이를테면 제로베이스 워크숍을 하는 거예요. 마을 일정을 모두 중단하고 집중적으로 해보는 거죠. 한 일주일 잡아서 머리를 맞대고 마을에 대해서만 생각하다 보면요, 돌도 부딪히면 불꽃이 튄다는데 반짝이는 아이디어가 안 나오겠어요? 주제넘은 생각 같지만 그러다보면 마을의 가치에 대해서도 다들 새롭게 공유하게 될 거고 트렌드에 맞는 참신한 해결방법이 생각날 수도 있고요."

준호가 의견을 마무리했다.

"자자! 새로운 의견이 나왔습니다. 숨 쉬는 마을에서 제일 신입이신 주희님이 낸 의견을 어떻게 생각하는지요?"

"좋습니다!!"

이게 웬 이구동성 합창단!

"한번 해봅시다."

어찌된 일인지 하나같이 찬성하고 나섰다.

"그럼 이미 압도적인 것 같지만 투표에 붙이겠습니다. 거수로 할까요? 주희님 의견대로 집중 워크숍을 해보자는 분?"

오 마이 갓!
100프로였다. 나 이제 어떡하나.

"언제부터 할까요?"

"이 상태에서 다른 일 한다고 되겠습니까? 내일부터 합시다!"

"그럽시다! 주희님도 있으니 다 같이 합시다!"

"쇠뿔도 단김에 빼야죠."

이렇게들 급하게 나올 줄이야. 심지어 세상 바쁠 일 없던 준호의 순

발력 있는 마무리라니!

"그럼 외부 일정 있으신 분들은 되도록 빨리 정리해 주시고, 내일부터 시작하는 걸로 하겠습니다. 마을에 대해서 좋은 생각 많이 해주시고 발표해주시고요. 방법은 제가 그동안 해온 대로 퍼머컬쳐 기법을 이용해서 진행하려고 합니다. 아, 물론 여기에 대해서도 언제든 의견 주셔도 됩니다."

준호의 말을 들은 나는 한편 당황스럽고 한편 기가 찼다. 결국 회의에 이어서 또 회의를 하기로 결론이 난 건가? 회의에 회의가 오는구나... 그런데 왜들 이렇게 좋아하는 거냐고.

"그런데요..."

난 또 일어서고야 말았다. 마치 무언가에 떠밀린 듯이. 왜 그랬을까.

"마을 입구의 벽화가 비바람에 날아갔다고 들었어요. 워크숍을 하면서 그림도 구상해 보면 어떨까요?"

"그거 좋은 생각이네요. 자연스럽게 마을을 대표하는 그림이 나오겠어요."

"역시 새로운 사람이 들어오니까 참신한 의견이 많이 나오는군."

언제부턴가 나를 들어온 사람으로 치고 있다. 어쩔 수 없이 코를 꿰인 것 같다. 어떡하지.

준호가 빼도 박도 못하게 묻는다.

"주희도 함께 할 거지? 그림도 다 같이 완성해야 돼."

'제발....!'

그때 누군가 결정적인 한마디를 던졌다.

"새벽에 일어나 명상해야 하니 자고 내일 합시다!"

갑자기 회의는 중단됐다. 역시 '숨 쉬는' 마을이었다.
밥 먹고 합시다, 대신 숨 쉬고 합시다!

왱왱 화장실 경보

다음날 아침 드디어 워크숍이 시작됐다. 그런데 호흡문과 마을 규약을 읽자마자 누군가 소리치며 뛰어 들어왔다. 지난번 닭 사건 때가 생각났다. 이번에도 들어온 주인공이 연수였기 때문이다.

"이번 주 화장실 청소 당번 누굽니까?"

연수는 작년에 이 마을에 있던 대안학교인 숨 쉬는 학교를 졸업하고 본격적으로 마을살이를 시작했다. 그러니까 이제 스무 살이다. 학생일 때와 달리 어엿한 한 사람의 마을 주민으로 살고 있다.

연수와 친구들이 졸업을 하면서 학교는 자연스럽게 휴교에 들어갔다. 학력 인정이 되지 않는 대안학교라 졸업생들은 검정고시를 준비하기도 하고 대안 대학을 가기도 하고 군대를 가기도 하고 일을 시작하기도 했다.

　다양한 선택 속에 연수는 마을에 남아서 주민으로 살기로 얘기가 되었다. 연수는 대학을 가더라도 지금은 아니라며, 숨 쉬는 학교에서 배운 것을 직접 삶에서 실천해보고 싶다고 했다.

　학교는 잠시 문을 닫았지만 연수가 있어 사람들은 모종의 희망을 가질 수 있었다. 마을학교에서 배운 학생들이 마을의 가치에 공감하여 그 삶을 깊이 실천하는 것이야말로 지속가능한 마을이 되기 위한 가능성 자체이기에.

　“왜요? 무슨 일이 있나요?”

　입구 쪽에 있던 내가 물었다. 연수는 헐레벌떡 대답했다.

　“화장실이!”

　“화장실이 왜요?”

　잠시 사이를 띄우니 사람들이 부쩍 주목했다.

　“넘쳐요. 아시죠, 가득차서 앉기 곤란한 그 느낌. 나 밥 준비 못해!”

식사 당번이어서 점심 준비로 회의를 들어오지 않았던 그는 볼일을
보려고 화장실에 갔는데 그만 화장실이 그 모양이었다는 것이다.

"그럼 다른 칸으로 가지 그래."

"다른 칸은 더 심해요!"

으으윽.

"정말 더 이상은 수용불가라고요. 대신 할까 생각도 했지만 식사 준
비 하다 말고 똥을 치우려니 좀 찜찜하네요. 여러분도 그러시죠?"

"으윽으윽."

연수는 벌써 3년이나 마을 학교를 다닌 터라 나이에 맞는 풋풋함보
다는 능숙한 유들유들함을 장착한 채, 웬만한 어른들은 들었다 놨다 한
다.

"그래서 화장실 이용을 했어? 못했어?

"제 얼굴 보면 모르세요?"

몹시 마려운 강아지 표정이다.

"누구신지 얼른 자수하고 해결 좀 해주세요. 아니면 오늘 점심시간에 참사가 일어날지도 몰라요. 상상은 하지 마시고요."

"윽윽! 으윽으윽"

"그런데 오늘 메뉴는 뭔가요?"

"카레입니다."

다들 뒤로 쓰러졌다.

"오늘 그냥 외식합시다!"

"워크숍은 언제 시작하는 건가요?"

모두 와글와글 하는 가운데 한 사람이 조용히 일어나 나가는 것을 나 말고는 아무도 눈치 채지 못했다. 얼른 따라 나갔다.

"범인이신가 봐요. 크크크."

오대인은 마치 범행현장을 들킨 것처럼 소스라치게 놀랐다.

"범인이라니요. 부산 집에 좀 다녀오느라 깜빡했다 아닙니꺼. 지난 주에 마을에 없어서 까맣게 잊고 있었네요."

"오래 다녀오셨나 봐요. 그렇게 꽉 찼다는 거 보면. 크크크."

난 민망함을 격렬한 '크크'에 실어 날렸다.

"남자화장실은 3~4일에 한번은 치워야 하는데, 제가 일주일이나 없 었으니."

"어휴. 상상만 해도 넘 힘들겠어요. 어디 구경 좀 해도 되나요?"

"남자화장실을요? 뭐 좋은 구경이라고."

"아뇨. 청소하는 거 배우려고요. 저도 생태화장실 이용하니 당번도 해야 할 거 아니에요."

"굳이 그렇다면…"

오대인은 화장실 문을 열더니 변기를 통째로 들어내서 옆으로 치웠다. 그 아래 있는 꽉 찬 변기통을 들고 나오는데 냄새도 나고 형상도 짐작이 가서 난 뒤로 확 물러섰다. 4개의 화장실이 모두 꽉꽉 찼으니 매일 사용해야 하는 주민들의 원성이 심한 것도 당연한 일이었다.

"생태화장실은 매우 위생적이라 냄새가 안 난다던데…"

"정상적으로 잘 관리할 때 얘깁니더. 지금처럼 용량을 초과하면 아유, 말도 못해요."

"정말 관리가 중요하네요. 그래도 이게 좋아서 사용하고 있는 거 아니에요?"

"좋을 리가 있어요. 저도 도시에서 수세식 화장실만 사용하던 사람입니더. 와 정말 비위 상하네요. 저리 좀 가세요."

난 더 뒤로 물러나 구경을 계속했다. 극한 직업에 '생태화장실 청소하기'는 왜 없을까……

오대인은 통 안의 내용물을 퇴비장의 산더미 같은 오물 더미에 쏟아 넣었다. 물론 고무장갑과 비닐 앞치마를 착용하고 있다. 화장실이 4칸

187

이라 4번을 반복했다. 으으윽. 정말 밥 먹기 전엔 할 일이 아니었다.

"언제부터 생태화장실을 사용했어요?"

난 조금 떨어져서 큰 소리로 질문을 이어갔다.

"저도 여기 입주하면서니까 5년 됐죠. 공부를 좀 하니까 안 쓸 수가 없더라고요. 우선 수세식 화장실 같은 피해가 없고 완전히 자연으로 돌아가는 선순환 방식이라 열심히 사용하고 있는 거죠. 생태공동체 주민으로서 생태화장실 사용은 당연한 거 아니겠어요?"

그러더니 통을 수돗가로 가져가서 흐르는 물에 깨끗이 헹구고 구슬땀을 흘리며 거기 있는 솔로 빡빡 닦아 새것같이 만들어 주었다.

"아이고 되다."

오대인은 끙끙거렸다. 그리고 햇볕에 말린다며 통을 늘어놓고는 샤워라도 해야겠다며 가버렸다. 정말 힘들어보였다. 휴, 불편한데 꼭 이렇게까지 하고 살아야 하나... 수세식 화장실처럼 편리하면서도 자연에 폐를 끼치지 않는 방법은 없을까?

　내가 이용했던 여자화장실은 상대적으로 아주 깨끗했는데, 잘 관리
하지 않으면 마찬가지겠지? 생태마을에서는 게으를 수가 없을 것 같
다.

우주의 어느 짠내 나는, 숨 쉬는…

다시 마을회관으로 돌아오니 사람들은 그림에 대한 이야기를 한창 하고 있었다. 마을 입구에 그릴 그림이니만큼 어떻게 이미지를 표현할 것인가 하는 문제였다.

"생태마을의 상징은 유기농 농사가 아니겠습니까. 농부가 농사를 짓는 모습을 그립시다."

"생태화장실의 선순환을 이미지로 그리면 어떨까요?"

"명상을 하는 숨 쉬는 마을 사람들을 그리면 좋을 것 같아요."

"전처럼 꽃 그림이 좋을 것 같아요."

여러 의견이 나오고 있는데 나도 명상하는 그림이 좋을 것 같았다. 그리고 다른 의견들도 그냥 버리긴 아까웠다. 생각하다가 이렇게 얘기를 해봤다.

"지금까지 나온 의견들을 모두 그리는 건 어떨까요?"

메뚜기 떼처럼 떠들던 사람들이 일제히 날 쳐다봤다.

"어떻게요?"

"제가 온 지 얼마 안 되어서 그런지 이곳이 굉장히 특별한 곳으로 느껴지는데요. 꼭 어디 우주의 다른 별에 있는 마을 같아요. 만화에 나오는 스머프 마을 같기도 하고요."

"그래서요?"

"이렇게 각자가 생각하는 마을을 다 그려보는 거예요. 그린 것들을 모아 하나의 그림으로 만들죠. 샤갈의 그림처럼 몽환적인 느낌으로 마무리하고 제목은 '우주의 어느 숨 쉬는 마을' 어때요?"

숙빈이 눈을 반짝이며 손을 든다.

"오! 그거 괜찮을 거 같아요. 굳이 하나만 선택하기보다 우리 마음속

에 있는 걸 다 그려보는 거. 생각하는 대로 그리다 보면 정말 우리 마을이 그렇게 될 수도 있고요."

"저도 괜찮은 거 같습니다."

"역시 새로 오신 분이 신선하네. 주희님을 우리 마을의 아트 팀장으로 추천합니다!"

"네? 무슨 팀장이요?"

"부담 가지지 마. 여기 사람들 모두는 하나씩 다 직함을 가지고 있어. 나만 해도 소장님이잖아?"

"주희님 별명은 시인 어때요?"

백작이었다. 이 무슨 뜬금없는 별명 짓기? 난 정식 주민도 아닌데...

"네?"

"우주의 숨 쉬는 마을이라고 했을 때 알아봤어요. 딱 '샤갈의 마을에 내리는 눈' 시 같지 않아요?"

“와아아 그리고 보니 말 되네.”

“명색이 숨 쉬는 마을에 시인 하나는 있어야지.”

“환영합니다! 앞으로 좋은 시 많이 부탁합니다.”

사람들이 다 이상한 것 같아. 시를 쓰고 나서 시인이지, 시인이 되고 나서 시를 쓰는 경우도 있나? 숙변이 숙빈 되는 것보다 맥락 없다. 하긴 준호와 함께 하는 사람들이라니 그럴 만도 하지.

얄미운 준호의 마무리 멘트가 도장을 쾅 찍었다.

“주희 시인님! 잘 부탁해요!”

으이그.
근데 시인이라, 이왕이면 나쁘지 않은데?

그때 식사 준비에 몰두하고 있는 줄 알았던 연수가 울상을 하고 들어왔다. 왜 이 아이는 늘 극적인 등장인가. 온 몸이 땀으로 흠뻑 젖어 있었다.

“뜨악! 오늘 화장실 청소하신 분 누구세요?”

“왜요? 또 화장실이에요?”

“청소를 하고 나서 왜 통을 안 넣어놨어요!”

아! 그건 아까 오대인이 물로 씻고 말린다고 내놨는데…. 차마 말을
할 순 없었다.

“그럼 통이 없는 데서 일을 보셨다는?”

“급한 김에 그냥 앉았는데 일어나니까 바닥이 온통…”

으악!

다들 경악, 경악이었다. 상상도 할 수 없는, 아니 하기 싫은 일이었
다.

잠시 후 화장실 청소를 마치고 샤워까지 하고 말끔한 몸과 마음으로
들어오던 오대인은 영문도 모르고 연수에게 끌려갔다.

"뭐야? 어떻게 그럴 수가 있어! 앉기 전에 아래를 안 보나?"

"누가 일일이 아래를 확인해요."

"당연한 거 아니야? 앉기 전에 자연스럽게 한번 보게 되잖아."

"급해서 문 열고 들어가자마자 털썩 앉았단 말이에요."

아아.. 짠내 진동... 너무나 지질하고 사소하다. 먹고 자고 싸는 문제... 큰 일이 아니라 이렇게 작은 일이 마을에서는 참으로 중요하다.

화장실 청소를 누가 하고 어떻게 하느냐, 낙생은 누가 하느냐, 어느 요일에 누가 하며 누가 하루라도 더 많이 하는지 적게 하는지, 명상 시간에 조는 사람은 누구냐, 장작은 누가 몇 개를 땠는지, 개밥을 언제 주는지...

이런 게 일상이었다. 이런 일상을 공유하고 있으니, 가족이었다.

그 후로도 이루 말할 수 없이 소소한 이야기들로 워크숍은 이어졌다. 회의록을 적어야 한다면 사관은 부끄러워서 붓을 감출 것 같은데, 하나도 남김없이 전지에 깨알같이 적고 있다. 그냥 내뱉은 말 하나도 다 적

고 있다. 부끄러움은 왜 나만의 몫인가.

조심스레 묻지 않을 수 없다. 이런 일상을 부끄럽지 않게 공유하게 된다면 나는 주민인가? 이분들은 왜 나를 이렇게 격의 없이 대해주는 가. 이러니까 자꾸만 자꾸만 더 깊이 들어가게 되잖아.

그날 회의가 끝나고 게스트하우스로 돌아와 침대에 누웠다.

밤새 비바람이 불었다. 우르릉 무언가 세차게 흔들리는 소리가 나고 위이잉 바람이 소용돌이치며 창문을 흔들어댔다. 여름이 마지막 몸부림을 하는가. 하긴 여름이 갈 때가 벌써 지났지.

정말 길고 더웠던 여름이었다. 그 더위를 참지 못해 나는 여기에 왔는가. 무엇을 피해 탈출했나, 아니 무엇에 이끌려 이 멀리까지 왔을까.

잠이 오지 않아 일어나 앉았다. 침대 옆 탁자에는 아까 워크숍 장소에서 가져온 물감하고 붓 같은 미술도구가 있었다. 낮에 카페에서 가져온 조그만 원목판도 준비되어 있었다.

물감을 풀고 붓을 들어 색칠을 시작한다. 흰 색으로 나무에 바탕을 칠하고 후후 말리며 오늘 아침에 배운 호흡을 해본다. 배에 힘을 주어 깊이 들이쉬었다 길게 내쉬면서 나무를 불어 말린다.

초록색 붓을 들어 나뭇잎을 그리고 핑크색과 귤색으로 꽃을 그리고,
보라색을 찍어 글씨를 쓴다.

숨 쉬는 카페

봄이 만발한 간판을 들고 보니 내 마음에도 꽃이 뽕뽕 피어나는 것
같다.
카페에 앉으면 시상이 별처럼 쏟아질 것 같아.
어떡하지. 나 정말 시인 될 것 같아.

크크크크크.

내일은 커피 내리는 법을 배워 볼까나.

Letter from 울보 시인

새벽마다 일어나 명상을 한다는 것!
오랜 늦잠꾸러기의 대명사인 내겐 있을 수 없는 일이었다.

그런데 어제도 오늘도 어쩌다 보니 일어나서 참석을 하고 있었다.
마을에 온 지 일주일째. 난 하루도 빠지지 않고 개근을 해버렸다. 어떻게 이럴 수가!
그냥 잠이 깨지는 데 어떨 수가 없다. 누군가 깨워주는 것처럼 적당한 시간에 눈이 반짝 떠진다.

이불을 박차고 나올 때는 좀 힘들어도 끝나고 나면 세상에 그럴 수 없이 기분이 좋다.
몸은 가볍고 마음도 맑고 온 세상을 사랑할 수 있을 것 같은 기분이 랄까. 그리고 하루 종일 그 상태가 유지되는 것 같다.

밉상 김실장에게 이메일을 보냈던 것도 그 힘이었던 것 같다. 그를 용서하고, 또 나를 치유하고 싶었다.

　남 탓을 하면 무어하랴. 내가 부족해서 그런 거지.
　그리고 그런 일이 있었기에 이렇게 숨 쉬는 마을까지 오게 된 걸 생각하면 감사할 일일지도 모르겠다.

　오늘은 무슨 바람으로 저녁에도 명상을 하러 들어갔다. 조용히 호흡을 고르며 마을에 오게 된 사연과 그 이후 있었던 일을 생각하니 감사함이 솟구쳤다. 돌이켜보니 그 모든 풍파가 있기 전 도시에서 '정상적으로' 살던 때보다 '이상한' 나라에 온 것 같은 지난 며칠이 행복했다.

　마을 주민들이 첫 만남부터 식구처럼 대해 주어 일주일 만에 터줏대감 홍반장 못지않은 입지를 구축했다. 별명도 생기고 카페도 생기고 집도 생겼다. 그렇게 된 건 무엇보다 지난 일주일간 함께 한 마을 워크숍 덕이 컸다.

　마을 사람들은 스스로 마을에 새로운 생기를 불어넣고 있었다. 고사하던 식물이 스스로 수분을 조달해 살아나듯 줄기를 쭉 펴고 잎을 피우고 있었다. 이 사람들의 생명력은 어디서 나오는 걸까. 자신이 가치 있다고 생각하는 일을 함께 하고 있기 때문이 아닐까.

거창한 구호나 이론보다 매일의 삶을 공유하는 사람들의 힘은 놀라웠다. 깨알같이 적은 회의내용들은 모여서 비슷한 것끼리 합해지고 분류되어 몇 개의 분야로 남았다.

그것들을 합해서 가장 상위의 개념을 정하고 나머지 것들을 실천사항들로 달았다. 화룡점정은 그 모든 걸 그림으로 그려보았다는 것이다. 남녀노소에 관계없이 파스텔과 크레용을 가지고 그림을 그리고 조를 나누어 발표를 했다.

이 모든 게 얼마나 왁자지껄하고 재미있던지!

'숨 쉬는 마을은 생태공동체이다'라는 결과물은 별다를 게 없었다. 실천사항들도 처음에 정한 마을규약에서 크게 벗어나지 않았다. 그러나 '이러려고 일주일동안 회의했나?' 하는 반응은 전혀 나오지 않았다.

해마다 꽃을 피우지만 작년의 그 꽃이 아니듯이, 치열한 고민을 통과해 다시 나온 결과는 이전의 그것이 아니었다. 훨씬 조밀하고 단단해진 이 결과는 마을이 앞으로 나아가는데 강력한 힘이 될 것이다.

이제 내일부터는 지금까지 정한 것들을 커다란 하나의 그림으로 그리는 작업을 한다고 한다. 정말 재미있을 것 같다. 초등학교 미술 시간

같이 부산스럽고 자유로운 시간이 될 것이다. 양파같이 숨겨진 주민들의 놀라운 창의력도 기대된다. 물론 최종적으로는 마을 입구의 회벽에 그림을 그려 넣을 예정이다.

명상을 마치고 나와 하늘을 보는데 휘이익 별똥별이 떨어졌다.

굳이 날을 잡지 않아도 숨 쉬는 마을에 있으면 맑은 밤이면 하늘 가득한 은하수를 마주할 수 있다. 운이 좋으면 별똥별도 만날 수 있다.

별을 보고 있는데 오래 전 어느 책에서 읽은 구절이 떠오른다. 지구에는 다른 별에서 이주해온 수많은 종족이 살고 있으며 별은 우리 모두의 고향이라고. 과연 그럴까 싶었는데... 수많은 별을 보고 있으니 그냥 수긍을 하게 된다. 아-아.

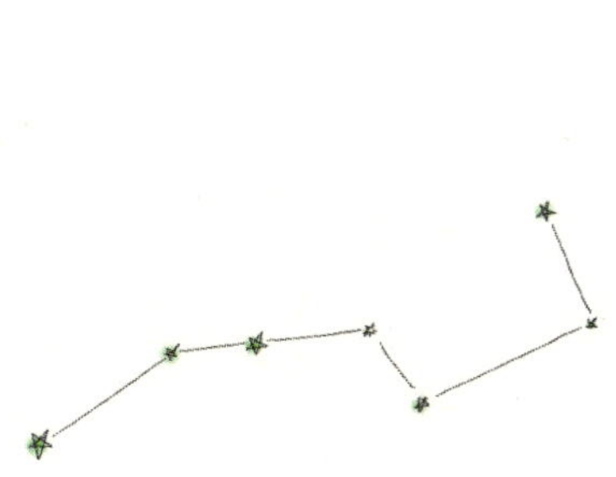

갑자기 서럽다. 대상도 없이 무지하게 그립다. 그리고 외롭다. 어릴 적 아이들과 늦게까지 놀다가 정신 차려보니 해는 지고 혼자 남았을 때처럼, 이 우주에 혼자 남은 느낌…….

눈물이 핑 돌았다. 가슴 속이 뜨겁다. 무언가 녹아내리는 느낌… 눈물이 멈추지 않고 흘러내렸다. 난 그냥 하늘을 보며 부끄러움 없이 울었다. 이렇게 울어본 게 또 언제였나. 숨 쉬는 마을은 평범한 사람을 시인으로 만들더니, 나름 차도녀를 천하의 울보로 만들었다.

다 울고 나서 말개진 마음은 가벼워진 발걸음
을 카페로 밀었다.

'숨 쉬는 카페'

내가 만든 조그만 간판을 밀고 카페로 들어갔
다. 물론 '숨 쉬는 마을 생태공동체 연구소'라는 준호의 간판도 여전히 걸려 있다.

노트북을 펴고 앉았다.
한줄기 울분과 함께 떠오르는 사람이 있었다.
그 감정의 다른 한 면은 애잔함이었다.

김실장.

내가 어디 있는 줄 알면 깜짝 놀랄 걸.

생태공동체-들어는 봤나, 숨 쉬는 마을이라는 곳이야.

당분간 여기서 좀 지내면서 마을살이를 하려고 해.

기간은 얼마가 될지 아직 모르겠고…

여긴 세상의 속도가 아닌, 나름의 숨과 속도로 움직이는 곳이거든.

지금까지 배우지 못했던 것들을 많이 배우고 있어.

여기 오기 전에 일 관련해서 내가 부탁한 것들은 일단 다 미루는 걸
로 할게.

그런데 있잖아.

김실장도 여기 한번 와보면 어때?

그렇게 쉬지도 않고 전력질주 하니 얼마나 힘들어.

여기 와서 숨도 좀 쉬면서 왜 사는지 이런 것도 한번 생각해보고

앞으로 어떻게 살아야 할지도 정리해 보면 좋을 것 같아.

너무 바쁘게 사는 김실장에게 꼭 필요한 일 같아서 권하는 거야.

난 여기 와서 정말 좋아졌어.

지금 집중 워크숍을 하고 있는데

다들 나를 오래된 식구처럼 대해주고 있어.

신기한 일이야.

마지막 날엔 파티도 있다고 하는데 다시 연락할게.

꼭 와보면 좋겠어.

그 전에 와서 조금이라도 함께 할 수 있다면 좋을 텐데

바빠서 안 되겠지.

우리는 그렇게 일만 하려고 태어난 게 아니래.

태어났으니 반드시 행복해야 하고,

그건 자신이 하고 싶은 일을 알고 그 일을 할 수 있어야 가능하대.

김실장이 많이 원망스러웠는데

이젠 고맙다고 말할 수 있을 것 같아.

아무튼 이런 계기를 마련해 준 거니까...... (반어법 아님. 흠흠.)

건강하고 진짜 꼭 와!!

한 달 후, 5차원 마법

어서 오세요!
환영합니다아--!!

홍반장이 나서서 호들갑스럽게 인사를 한다. 백작의 목욕탕 목소리
가 더욱 탄력을 받았다.
오늘은 마을 축제, 식구들은 모두 나와서 손님을 맞이하고 있다.

지난번 마을 워크숍 이후 한동안 마을은 'pause' 상태였다. 게스트
하우스 손님도 받지 않았고 교육프로그램도 중단했다. 때를 놓치면 안
되는 농사일만 선별해서 주민들이 다 함께 달라붙어 끝냈다.

태어나기 전 엄마 뱃속에서 열 달을 지내는 것처럼, 다시 시작하는
마을도 일정 기간 그럴 필요가 있었다. 그러면서도 취침 시간과 새벽명
상 시간은 꼭 지키니 과하지 않게 흐름이 유지가 되었다.

사람들은 생태공동체에 살고 있는 의미를 되새기며 많은 토론을 했고 더욱더 친해졌다. 서로에게만 몰입한 지 일주일이 넘어가니 다함께 어떤 깨달음에 도달한 듯도 하였다. 비 온 뒤에 땅이 굳어진다는 말은 사실이었다.

워크숍 결과를 가지고 마을 입구에 그림도 다시 그렸다. 마을에서 일어나는, 혹은 일어났으면 하는 여러 가지 일들을 각자 재미나게 표현했다.

그려놓고 나니 지구가 아닌 우주의 다른 별 풍경 같다. 약간 유아틱한 것이 어린 왕자의 별 같기도 하고. 물론 지휘는 마을 공식 화가선생인 홍반장이 했다.

알고 보니 마을 곳곳에 그의 작품이 많았다. 우선 집집마다 형형색색 파스텔 톤으로 곱게 색칠이 되어 있고 만화 캐릭터들이 그려져 있다. 어떤 집은 집 전체가 한 편의 시화처럼 시와 그림이 분위기 있게 어우러져 있다. 큰 그림 전문이라더니 과연 숨 쉬는 마을 전체가 그의 캠퍼스고 화랑이었다.

홍반장이 틈나는 대로 해오던 것을, 이번 워크숍을 계기로 마을 사람들이 모두 함께 하게 되었다. 기존에 있던 그림들도 깨끗이 닦거나 새로 칠하고 마을 곳곳에 더 많은 그림과 시화가 생겼다. 이제는 일상처럼 모두 붓을 들게 되었다. 너도나도 화가 스머프였다.

그리고 나 주희는 마을의 공식 시인 스머프가 되었다. 흠흠, 정말로 시를 쓰게 되었다. 자리가 사람을 만든다더니, 별명이 사람을 바꿔놓은 셈이다. 숨 쉬는 마을의 마법일까.

시를 쓰니 마음이 순화되는 것 같다. 마을에 내가 쓴 시를 적어 넣은 집도 생겼다. 마을은 홍반장에게 큰 도화지이듯 나에게는 큰 원고지다. 한 가지 부작용은 준호처럼 하늘을 너무 자주 보고 좀 '멍'해졌다는 것... 이 또한 마법의 일환일까.

마법.

마법사의 지팡이나 도깨비 방망이가 필요한 것만은 아니다. 정말 놀라운 일이란 하늘을 날아다니거나 금덩어리를 뚝딱 만드는 것이 아닌, 일상의 마법이 아닐까 한다.

일상에서의 작은 변화. 그것이 제일 어려운 일이다. 예를 들면, 하루 3끼 먹던 사람이 2끼로 줄이는 것, 외출 시 텀블러나 장바구니를 들고 다니는 것, 쿵쿵 발 도장을 찍던 사람이 뒤꿈치를 들기 시작하는 것, 샤워나 세탁 시간을 줄이는 것, 마주치는 사람에게 저절로 미소하기…….
너무 사소한가? 별일 아닌 일이 정말 큰일이라는 걸 알게 되었다. 우리들의 사소한 부주의와 탐욕이 모여 지금 지구가 몸살을 앓고 있으니 말이다. 또한 그렇기에 거꾸로 지금 미약해 보이는 한 변화가 언젠가 커다란 흐름으로 돌아올 것도 믿어지는 것이다.

중요한 건, 그 변화는 한 사람 한 사람의 마음에서 나온다는 것이다. 생각하는 대로 이루어지는 세상! 원하는 대로 사는 나의 삶! 크고 어려운 일이라 생각했는데, 그냥 하면 되는 것이었다.

Just. Do. It.

워크숍 기간 중에 마음을 나누고 상상을 합하고, 그림으로 그려내며 우리는 미래를 보았다. 미래의 숨 쉬는 마을, 미래의 우리들의 삶을. 마음먹는 대로 상상이 구현되는 것은 마법이 아니라 우리가 당연히 맞이할 차원 높은 세상이었다. 왜냐하면 지금부터 그때까지 우리는 그렇게 살고 있을 것이기에.

다른 차원은 이미 시작되었다.

내가 그의 이름을 불러주었을 때
그는 나에게로 와서 꽃이 되었다.

우린 이미 이름을 띄웠다. 깊은 날숨 같은 그 파동은 우리를 떠나 아주 멀리 가고 있는 중이다. 동심원이 퍼지듯, 지구를 둘러 나와 우주의 어느 숨 쉬는 마을로……?

중요한 것은 눈에 보이지 않아.
꽃도 마찬가지야.
별들이 아름다운 이유는
보이지 않는 꽃 한 송이 때문이야.
어느 별에 사는 꽃 한 송이를 사랑한다면
밤하늘을 보는 것이 감미로울 거야.
별들마다 꽃으로 피어날 테니까. ('어린왕자'에서)

마음에서 이미 꽃을 피웠기에, 우린 밤하늘을 보는 것이 기껍다.
그립다.

작고 많은 별들 중에 꼭 있을, 우주의 어느 숨 쉬는 마을.
우리가 상상하는 대로 쉬지 않고 변하고 있는
시크릿 마을이다.
미래에 우리가 도달할 곳,
그리고 지금 우리가 살고 있는 이곳.

무언가를 그리워하는 마음이 모여, 본성을 찾아 길을 떠나고
함께 가고자 하는 마음이 모여, 피보다 진한 천연의 가족을 만들었
다.

마음으로 만든 상상의 마을이, 즉시 그림으로 눈앞에 나타나고
얼마 되지 않아 현실이 된다.
3차원의 지구에서 우린 5차원의 미래를 살고 있다.

"와글와글! 왁자지껄!"

"근데 나시인 어디 갔어?"

밤하늘이 외롭지 않은 것은 어딘가 꽃이 나를 기다리고 있는 것을 알기 때문이다.

그 부름에 답하기 위해 난 노트북을 닫고 떠들썩한 현장으로 문을 박차고 나간다.

이번 마을 축제는 오랜만에 '전기 없는 날'로 운영하기로 했다. 사실 생태공동체 마을이 처음 생겼을 때는 매주 하던 프로그램인데, 아무래도 불편하다 보니 점점 하지 않게 되었었다.

그런데 이번에 초심으로 돌아가자는 취지에서 다시 시행하기로 한 것이다. 벽화가 날아가고 여러 가지 우환이 들끓어 마을 운영을 멈추고 워크숍에 돌입한 지 한 달 만이었다.

각자 관심 있는 지인에게도 연락을 하고 인터넷으로도 홍보를 하고 해서 생각보다 많은 사람들이 신청을 했다. 전기도 없이 아궁이에 밥을 해먹고 촛불로 지내야 하는데 뭐가 좋다고 차들이 속속 도착을 한다. 신기하기만 하다.

생태적인 삶에 관심이 있는 사람이 이렇게 많구나... 나는 한 달 전까지만 해도 꿈도 꾸지 않았던 일이었다.

가방을 내리고 다가오는 그들을 보며 나는 한 달 전으로 돌아간 것 같은 느낌을 받았다. 나도 처음 이곳에 들어올 때 저런 표정이었을까.

'난 도시에서 바싹 마른 나뭇잎이 되어 들어왔었지. 목마름에 무언가를 갈구하고 있었어. 저들도 무엇이 부족해서 이 시골까지 찾아온 걸까.'

저들 대부분은 그때의 나보다는 덜 지쳐 보인다. 재미난 놀이를 찾아온 것 같기도 하다. 그래, 나처럼 아주 진물이 빠지고 지쳐버리기 전에 이렇게 미리미리 수액을 맞으면 좋겠지. 유기농 고농축 생기 수액이다!

그때 익숙한 목소리가 들린다.

"어이, 나 시인! 잘 지냈어?

"이게 누구야?"

김군, 김실장이다. 이제야 말하지만 김실장의 이름은 외자, 군이다.

"정말 왔네? 어떻게 오는 길은 잘 찾았어?"

준호가 다가온다.

"김군이 너 같은 줄 알아?"

"선배도 참. 나주희 같은 길치가 세상에 또 있으려고요."

"서울 일은 잘 해결하고 왔지?"

준호는 김군에게 이상하게 관심이 많았다.

"이제 다 끝났어. 책도 다 처리했고 법적인 문제도 없어. 언제든 제로베이스에서 가볍게 시작할 수 있게 됐지."

난 깜짝 놀라 물었다.

"그게 무슨 소리야? 네가 뭘 해결을 했다고?"

"그럼 내가 한 달 동안 손 놓고 있었을 거 같아? 준호선배랑 연락해서 누님 생사 확인하고, 나대로 할 일 했지. 이제 걱정 마."

난 어질어질했다. 이게 다 무슨 소리야...

"그럼 형도 처음부터 다 알고 있었던 거야?"

"이 맹꽁아. 그걸 어떻게 모를 수가 있니. 여기도 TV 있고 인터넷 다 있다."

더 묻기도 귀찮을 정도로 상황은 명명백백했다. 그들은 다 알고 나만 몰랐다. 정말 내가 죽기라도 할까봐 김실장은 너무나 걱정이 되었단다. 그래서 황당하지만 역술인도 소개해 주고, 준호에게도 의논을 했었다나. 참...

무언가 치밀하게 짜인 극본 하에 여기까지 이르게 된 것 같은데, 화를 내야 하나 말아야 하나. 그 극본에 의해 나도 모르게 무대에 올라온 난 한 달 동안 열연을 한 셈이고, 어쩐지 많은 변화가 있었다.

난 시인이 되었다.
숨 쉬는 카페 마담도 되었다.
그리고 또 무엇이 되었을까?

아차차! 세상에서 제일 멋진 마을, 숨 쉬는 마을의 주민이 되었다.

여행의 예감

김 실장이 데려온 케이블TV 기자가 1박2일 '전기 없는 날' 행사를 꼼꼼히 촬영해 갔다. 마을은 갑자기 방문객이 늘었고, 전국에서 문의 전화가 이어졌다.

우린 한 달에 한 번씩 전기 없는 날을 운영하기로 했는데, 몇 달 후까지 이미 예약이 차 있는 상황이다. 프로그램이 있을 때면 졸업한 대안학교 학생들도 찾아와 일손을 돕고 마을이 아주 잔칫집 같이 된다.

야외에서 가마솥에 밥을 하니 밥맛도 좋고 촛불을 켜고 있으니 분위기도 좋다. 깜깜하니 하늘의 별은 더 잘 보이고 소리는 더 그윽하게 퍼진다. 악기 연주를 하거나 노래를 부르기도 하고, 즉흥시 낭송을 하기도 한다. 새벽이면 함께 모여 명상을 하면서 고요한 내면으로의 탐색을 안내한다.

대안학교 졸업생들은 김실장이 추천을 해주어 두 명이나 출판사에

취업이 되었다. 나도 1인 출판사를 시작해서 생태적인 삶에 대한 책을 준비하고 있다. 첫 책은 처음 제안했던 대로 이준호 소장의 저서인데, 발버둥을 치면서도 어찌어찌 진도가 나가고 있다.

책이 나오면 다 내덕인 줄 알라며 인세를 '반띵'하자고 압박을 하고 있는 중이다. 이런 분야의 책이 팔리면 얼마나 팔린다고? 전기 없는 날의 성황으로 볼 때 책도 대박이 날지 모르겠다. 하하하.

마을 사람들은 집도 직접 지어볼 예정이다. 백작이 지은 마을 입구의 건물처럼 예쁜 집에 산다면 더 꿀잠을 잘 것 같다. 백작이 주관을 하고 집주인이 참여하면 작은 집 하나는 어렵지 않게 지을 수 있지 않을까?

그래서 틈나는 대로 살고 싶은 집을 설계해보는 게 취미가 되었다. 내가 살 집을 직접 그려보는 것은 참으로 기쁘고 행복한 일이었다. 마을 회의 시간이면 서로 집 그림들을 자랑하느라 시끄럽다. 아주 아주!

참! 지난 여름 갑자기 마을을 떠났던 모자남 석대는 얼마 전 방황을 마치고 돌아왔다. 충남의 공동체마을에서 친환경 주택을 지으며 '마을 건축가'로 살고 있는 선배를 보고 큰 깨달음을 얻었다나.

마을 사람들은 그가 설계중이라는 패시브 하우스가 마을에 새로운 활력소가 될지 또 하나의 골칫거리가 될지 우려 반 기대 반 지켜보고 있다. 어쨌거나 친환경 주택은 생태공동체의 기본이기도 하기에 제발 잘 되었으면 하는 마음은 크다. 우리를 들들 볶지만 않으면, 제발!

난 내년에 해외 공동체 탐방을 다녀오기로 했다. 세계적으로 생태공동체 운동이 유행처럼 번지고 있다는데 다른 나라 사람들은 어떻게 하고 있는지 궁금해졌다.

처음 갈 곳은 영국의 핀드혼 마을이다. 자연과 교감하여 농사를 짓는 것으로 유명한 곳인데 그곳에도 마을살이 프로그램이 있다고 하여 신청을 해두었다. 다음은 세계 3대 자급자족 마을의 하나라는 호주의 크리스탈 워터스!

그 다음은 영성 공동체로 유명한 인도의 오로빌! 마을을 방문한 대학생으로부터 '티루치라팔리'라는 외계스러운 공항 이름을 듣는 순간 결정해버렸다. 나란 사람, 그리고 보니 숨 쉬는 마을에 올 때도 갑자기 왔었다. 아침에 눈 뜨자마자, 왠지 거기! 가야겠다 하고 바로 떠나왔지. 그리고...

아! 나 혹시 지구에 올 때도 이렇게 온 거 아닐까? '아스'라는 이름을 듣는 순간, 묻지도 따지지도 않고 여행을 떠나왔을 것 같아. 이렇게 서

툴고 대책 없는 즉흥 인생이라니! 그래도 이렇게 좋은 곳으로 찾아든 걸 보면 보이지 않게 도움 주는 분들이 많은 것 같다.

여행을 다녀오면 나도 책을 써보려고 한다. 초보 생태공동체 주민이지만, 그렇기에 나에게만 보이는 점들이 있지 않을까? 필요한 분들과 나의 경험을 나누고 삶의 가치에 대해 생각해보는 책이 될 것 같다.

50%는 이런 이유이고, 50%는 여행이다. 고백하자면 후자가 더 크다. 지난 10년간 출장 말고는 여행다운 여행을 하지 못했다.

인생은 여행이라는 말도 있던데, 지구별까지 여행 온 영혼이니 얼마나 바람기 많은 영혼이겠는가. 구석구석 여행도 많이 하고 싶다. 떠나고 싶을 땐 망설이지 말고 떠나자, !

난 이렇게 변했다.
하고 싶은 거 미루지 말고 하자.
롸잇나우. 와이 낫?

지금의 내가 좋다.
난 더 이상 미래를 준비하는 것이 아니라 지금 현재를 살고 있기 때문이다.

내게 주어진 인생을 100% 살고 있는 느낌이다.

바쁘지만 아주 여유롭다.
지금은 나의 최선의 결과이므로 행복하다.

파도가 일어나면 애써 저항하기보다 바람에 몸을 맡기고 흔들거리는
것도 방법이다.
그 바람이 부는 이유가 있을 것이기에.
아니 하늘에서 그 바람을 불어준 이유가 있을 것이기에.

힘든 그대, 긴장을 풀고
자연의 소리에 귀를 기울이면서 흔들거려 보자.

별똥별 쏟아지는 소리
멀리서 해님이 동 틔울 준비 하는 소리
더 먼 별에서 꽃이 피어나는 소리

오래 전 그 약속을 찾아
어린 왕자가 보내는 숨 쉬는 통신에
주파수를 맞춰 보면 어떠한가.

*책에 나오는 장소와 인물에 대하여

이 책 《숨 쉬는 마을로 라라라~》는
실재하는 마을과 인물을 바탕으로 하여 작가가 창작한 것입니다.
참고로, 모델이 된 곳의 이름은 다음과 같습니다.

숨 쉬는 마을은 '생태공동체 선애마을(선애빌)'이고
숨 쉬는 카페는 '크리스탈 에그'이며,
도심 속 명상학교는 '명상학교 수선재'입니다.

선애마을 대표 카페
cafe.naver.com/seonaeville

기대리선애빌, 영암선애빌, 외산선애빌 등은 방문하실 수 있고
게스트하우스에서 묵어가실 수도 있습니다.
원하시는 분은 그때그때 스케줄에 따라
다양한 생태체험이나 명상프로그램에 참여하실 수 있습니다.

영암선애빌

전남 영암군 신북면 모산리 31-15 (KTX나주역 15분)

www.seonaeville.co.kr

기대리선애빌

충북 보은군 마로면 기대리 788-6 (속리산IC 10분)

www.gidaeri.com

외산선애빌

전남 고흥군 포두면 차동리 162-1 (고흥 또는 벌교IC 20분)

카페 크리스탈 에그

전남 고흥군 포두면 옥강리 561-6

명상학교 수선재

www.suseonjae.org

문의전화 1544-1150 (전국, 가장 가까운 지부로 연결됨)

이 책은 2016. 전라남도 지역스토리 랩 우수스토리 지원 사업으로 출간되었습니다.

숨 쉬는 마을로 라라라~
ⓒ장미리 2017

1판1쇄 발행 2017년 2월 23일

지은이 장미리

펴낸곳 숨 쉬는 책
출판등록 2016년 11월 23일(제2016-000012호)
주소 전라남도 영암군 신북면 하정길 54-71 선애마을

※숨 쉬는 책은 수선재북스의 임프린트 브랜드입니다.

수선재북스 | www.ssjbooks.com
주소 서울시 강남구 봉은사로 114길 43
주문 전화 070-4045-9454 | 팩스 02-6918-6789
대표메일 ssjbooks@gmail.com

ISBN 979-11-960342-0-7

책값은 뒤표지에 있습니다.
파본은 구입하신 서점에서 바꿔드립니다.

이 도서의 국립중앙도서관 출판예정도서목록(CIP)은 서지정보유통지원시스템 홈페이지(http://seoji.nl.go.kr)와 국가자료공동목록시스템(http://www.nl.go.kr/kolisnet)에서 이용하실 수 있습니다. (CIP제어번호 : CIP2017004168)